50 große Romane des 20. Jahrhunderts | Paul Auster – Stadt aus Glas • **Jurek Becker** – Bronsteins Kinder • **Thomas Bernhard** – Der Untergeher • **Italo Calvino** – Wenn ein Reisender in einer Winternacht • **Elias Canetti** – Die Stimmen von Marrakesch • **Bruce Chatwin** – Traumpfade • **Joseph Conrad** – Herz der Finsternis • **Julio Cortázar** – Der Verfolger • **Marguerite Duras** – Der Liebhaber • **Friedrich Dürrenmatt** – Der Richter und sein Henker • **Umberto Eco** – Der Name der Rose • **William Faulkner** – Die Freistatt • **F. Scott Fitzgerald** – Der große Gatsby • **Edward M. Forster** – Wiedersehen in Howards End • **Max Frisch** – Mein Name sei Gantenbein • **Günter Grass** – Katz und Maus • **Julien Green** – Leviathan • **Graham Greene** – Der dritte Mann • **Peter Handke** – Die Angst des Tormanns beim Elfmeter • **Hermann Hesse** – Unterm Rad • **Patricia Highsmith** – Der talentierte Mr. Ripley • **Peter Høeg** – Fräulein Smillas Gespür für Schnee • **John Irving** – Das Hotel New Hampshire • **Uwe Johnson** – Mutmassungen über Jakob • **James Joyce** – Ein Porträt des Künstlers als junger Mann • **Franz Kafka** – Amerika • **Eduard von Keyserling** – Wellen • **Wolfgang Koeppen** – Das Treibhaus • **Milan Kundera** – Die unerträgliche Leichtigkeit des Seins • **Siegfried Lenz** – Deutschstunde • **Primo Levi** – Das periodische System • **W. Somerset Maugham** – Der Magier • **Carson McCullers** – Das Herz ist ein einsamer Jäger • **Ian McEwan** – Der Zementgarten • **Harry Mulisch** – Das Attentat • **Cees Nooteboom** – Allerseelen • **Michael Ondaatje** – Der englische Patient • **Juan Carlos Onetti** – Das kurze Leben • **Marcel Proust** – Eine Liebe Swanns • **Rainer Maria Rilke** – Die Aufzeichnungen des Malte Laurids Brigge • **Arthur Schnitzler** – Traumnovelle • **Jorge Semprún** – Was für ein schöner Sonntag! • **Georges Simenon** – Der Mann, der den Zügen nachsah • **Claude Simon** – Die Akazie • **John Steinbeck** – Tortilla Flat • **Botho Strauß** – Paare, Passanten • **Andrzej Szczypiorski** – Die schöne Frau Seidenman • **Martin Walser** – Ehen in Philippsburg • **Oscar Wilde** – Das Bildnis des Dorian Gray • **Marguerite Yourcenar** – Der Fangschuß **| Ausgewählt von der Feuilletonredaktion der Süddeutschen Zeitung | 2004 – 2005**

SüddeutscheZeitung | Bibliothek
Lese. Freude. Sammeln.

Bestellen Sie jetzt die gesamte Bibliothek, 50 Bände, für nur 196,– Euro (bei Abnahme aller Bände)
(jeden Monat 4 neue Bände für 16,– Euro, pro Buch 4,– Euro)
unter Tel.: 0180-5262167, unter www.sz-bibliothek.de oder im Buchhandel.

Paul Auster

Stadt aus Glas

Paul Auster

Stadt aus Glas

Deutsch von Joachim A. Frank

Süddeutsche Zeitung | Bibliothek

Bibliografische Information Der Deutschen Bibliothek
Die Deutsche Bibliothek verzeichnet diese Publikation in der
Deutschen Nationalbibliografie;
detaillierte bibliografische Daten sind im Internet über
http.//dnb.ddb.de abrufbar.

Der vorliegenden Ausgabe liegt die Textfassung der 1987
im Hoffmann und Campe Verlag erschienenen
deutschsprachigen Erstausgabe zugrunde.

Lizenzausgabe der Süddeutsche Zeitung GmbH, München
für die Süddeutsche Zeitung I Bibliothek 2004
„City of Glass" © 1985 by Paul Auster
für die deutsche Übersetzung:
© 1987 by Hoffmann und Campe Verlag, Hamburg
Umschlagfoto: Scherl/SV-Bilderdienst
Autorenfoto: Françoise Schein
Klappentexte: Ralf Hertel
Umschlaggestaltung und Layout: Eberhard Wolf
Satz: vmi, M. Zech
Druck und Bindearbeiten: Ebner & Spiegel, Ulm
Printed in Germany
ISBN 3-937793-05-4

1

Mit einer falschen Nummer fing es an, mitten in der Nacht läutete das Telefon dreimal, und die Stimme am anderen Ende fragte nach jemandem, der er nicht war. Viel später, als er in der Lage war, darüber nachzudenken, was mit ihm geschah, sollte er zu dem Schluß kommen, nichts ist wirklich außer dem Zufall. Aber das war viel später. Am Anfang waren einfach nur das Ereignis und seine Folgen. Ob es anders hätte ausgehen können oder ob mit dem ersten Wort aus dem Mund des Fremden alles vorausbestimmt war, ist nicht das Problem. Das Problem ist die Geschichte selbst, und ob sie etwas bedeutet oder nicht, muß die Geschichte nicht sagen.

Mit Quinn brauchen wir uns kaum aufzuhalten. Wer er war, woher er kam und was er tat, ist nicht so wichtig. Wir wissen zum Beispiel, daß er fünfunddreißig war. Wir wissen, daß er einmal verheiratet und Vater gewesen war und daß nun beide tot waren, seine Frau und sein Sohn. Wir wissen auch, daß er Bücher schrieb. Um genau zu sein, Detektivromane. Diese Werke wurden unter dem Namen William Wilson verfaßt, und er produzierte ungefähr ein Buch pro Jahr, womit er genug verdiente, um in einer kleinen Wohnung in New York bescheiden leben zu können. Da er für einen Roman nicht mehr als fünf oder sechs Monate brauchte, konnte er den Rest des Jahres tun, was er wollte. Er las viele Bücher, er sah sich Gemälde an, er ging ins Kino. Im Sommer verfolgte er die Baseballspiele im Fernsehen, im Winter besuchte er die Oper. Was er aber am liebsten tat, war Gehen. Beinahe jeden Tag, ob

Sonne oder Regen, heiß oder kalt, verließ er seine Wohnung, um durch die Stadt zu gehen – er ging nie wirklich irgendwohin, sondern ging einfach, wohin ihn seine Beine zufällig trugen.

New York war ein unerschöpflicher Raum, ein Labyrinth von endlosen Schritten, und so weit er auch ging, so gut er seine Viertel und Straßen auch kennenlernte, es hinterließ in ihm immer das Gefühl, verloren zu sein. Verloren nicht nur in der Stadt, sondern auch in sich selbst. Jedesmal, wenn er ging, hatte er ein Gefühl, als ließe er sich selbst zurück, und indem er sich der Bewegung der Straßen überließ, sich auf ein sehendes Auge reduzierte, war er imstande, der Verpflichtung zu denken zu entgehen, und das brachte ihm mehr als irgend etwas sonst ein Maß von Frieden, eine heilsame Leere in seinem Inneren. Die Welt war außerhalb seiner selbst, um ihn herum, vor ihm, und die Schnelligkeit, mit der sie ständig wechselte, machte es ihm unmöglich, bei irgendeiner Einzelheit lange zu verweilen. Die Bewegung war entscheidend, die Tätigkeit, einen Fuß vor den anderen zu setzen und sich einfach von seinem eigenen Körper treiben zu lassen. Durch das ziellose Wandern wurden alle Orte gleich, und es war nicht mehr wichtig, wo er sich befand. Auf seinen besten Gängen vermochte er zu fühlen, daß er nirgends war. Und das war letzten Endes alles, was er je verlangte: nirgends zu sein. New York war das Nirgendwo, das er um sich her aufgebaut hatte, und es war ihm bewußt, daß er nicht die Absicht hatte, es jemals wieder zu verlassen.

Früher war Quinn ehrgeiziger gewesen. Als junger Mann hatte er einige Gedichtbände veröffentlicht, er hatte Stücke und kritische Essays geschrieben und an mehreren langen Übersetzungen gearbeitet. Aber ganz plötzlich hatte er all das aufgegeben. Ein Teil von ihm sei gestorben, hatte er zu seinen Freunden gesagt, und er wolle nicht, daß er zurückkomme, um ihn zu quälen. Damals hatte er den

Namen William Wilson angenommen. Quinn war nicht mehr der Teil von ihm, der Bücher schreiben konnte, und obwohl Quinn auf mancherlei Art weiterlebte, existierte er für niemanden mehr außer für sich selbst.

Er schrieb weiter, weil er fand, daß es das einzige war, was er tun konnte. Detektivromane schienen eine vernünftige Lösung zu sein. Es kostete ihn wenig Mühe, die verwickelten Geschichten zu erfinden, die sie erforderten, und er schrieb gut, oft ohne es zu wollen und so, als brauchte er sich nicht anzustrengen. Da er sich nicht als Autor dessen betrachtete, was er schrieb, brauchte er sich auch nicht dafür verantwortlich zu fühlen, und er mußte es nicht vor sich selbst verteidigen. William Wilson war schließlich nur eine Erfindung, und obwohl er in Quinn selbst geboren worden war, führte er nun ein unabhängiges Leben. Quinn behandelte ihn mit Achtung, manchmal sogar mit Bewunderung, aber er ging nie so weit, zu glauben, daß er und William Wilson derselbe Mann seien. Aus diesem Grunde trat er auch nicht hinter der Maske seines Pseudonyms hervor. Er hatte einen Agenten, aber sie waren einander nie begegnet. Ihre Kontakte beschränkten sich auf die Post, und Quinn hatte zu diesem Zweck ein Postfach gemietet. Das gleiche galt für den Verleger, der alle Honorare und Tantiemen durch den Agenten zahlte. In keinem Buch von William Wilson fand man je eine Fotografie des Autors oder einen biographischen Hinweis. William Wilson stand in keinem Autorenhandbuch, er gab keine Interviews, und alle Briefe an ihn wurden von der Sekretärin seines Agenten beantwortet. Soviel Quinn wußte, kannte niemand sein Geheimnis. Anfangs, als seine Freunde erfuhren, daß er das Schreiben aufgegeben hatte, fragten sie ihn oft, wie er zu leben gedenke. Er sagte allen das gleiche: daß er Treuhandgelder von seiner Frau geerbt habe. Aber Tatsache war, daß seine Frau nie Geld gehabt hatte. Und Tatsache war auch, daß er keine Freunde mehr hatte.

Das war nun vor mehr als fünf Jahren gewesen. Er dachte nicht mehr sehr viel an seinen Sohn, und erst unlängst hatte er das Foto seiner Frau von der Wand genommen. Hin und wieder fühlte er plötzlich, wie es gewesen war, den drei Jahre alten Jungen in den Armen zu halten – aber das war, genaugenommen, kein Denken, es war nicht einmal ein Erinnern. Es war eine körperliche Empfindung, ein Abdruck der Vergangenheit, der in seinem Körper zurückgeblieben war, und darauf hatte er keinen Einfluß. Solche Augenblicke kamen jetzt weniger oft, und meist schien es so, als hätte sich alles für ihn zu verändern begonnen. Er wünschte nicht mehr, tot zu sein. Andererseits kann man nicht sagen, daß er froh war zu leben. Aber zumindest war es ihm nicht mehr lästig. Er lebte, und die Hartnäckigkeit dieser Tatsache hatte ihn nach und nach zu faszinieren begonnen – so als wäre es ihm gelungen, sich selbst zu überleben, als führte er irgendwie ein posthumes Leben. Er schlief nicht mehr bei brennender Lampe, und seit vielen Monaten hatte er sich nun an keinen seiner Träume mehr erinnert.

Es war Nacht. Quinn lag im Bett, rauchte eine Zigarette und horchte auf den Regen, der gegen das Fenster schlug. Er fragte sich, wann er aufhören und ob ihm am Morgen nach einem langen oder nach einem kurzen Gang zumute sein werde. Ein aufgeschlagenes Exemplar von Marco Polos *Reisen* lag mit dem Rücken nach oben neben ihm auf dem Kopfkissen. Seitdem er vor zwei Wochen den letzten Roman William Wilsons beendet hatte, war er faul gewesen. Sein Erzähler, der Privatdetektiv Max Work, hatte eine komplizierte Reihe von Verbrechen aufgeklärt, er war einige Male zusammengeschlagen worden und nur mit knapper Not davongekommen, und Quinn fühlte sich von seinen Anstrengungen ein wenig erschöpft. Im Laufe der Jahre war ihm Work sehr nahegekommen. Während William Wilson für ihn eine abstrakte Figur blieb, war Work mehr und mehr lebendig geworden. In der Dreiheit von Personen, die Quinn geworden war, diente Wilson als eine Art Bauchredner, Quinn selbst war die Puppe, und Work war die belebte Stimme, die dem Unternehmen Sinn und Zweck verlieh. Wenn Wilson eine Illusion war, so rechtfertigte er doch das Leben der beiden anderen. Wenn Wilson nicht existierte, so war er doch die Brücke, die es Quinn erlaubte, aus sich selbst in Work hinüberzugehen. Und allmählich war Work eine Persönlichkeit in Quinns Leben geworden, sein innerer Bruder, sein Gefährte in der Einsamkeit.

Quinn nahm den Marco Polo auf und begann noch einmal, die erste Seite zu lesen. »Wir werden Gesehenes, wie es gesehen, Gehörtes, wie es gehört wurde, niederschreiben, so daß unser Buch ein genauer Bericht sei, frei von jeglicher Art von Erdichtung. Und alle, welche dieses Buch lesen oder anhören, mögen dies mit vollem Vertrauen tun, denn es enthält nichts als die Wahrheit.« Als Quinn eben begann, über den Sinn dieser Sätze nachzudenken und sich ihre selbstbewußten Behauptungen durch den Kopf gehen zu lassen, läutete das Telefon. Viel später, als er in der Lage war, die Ereignisse dieser Nacht zu rekonstruieren, erinnerte er sich, daß er auf die Uhr sah, feststellte, daß es nach Mitternacht war, und sich fragte, wer ihn um diese Zeit anrufen mochte. Sehr wahrscheinlich schlechte Nachrichten, dachte er. Er stieg aus dem Bett, ging nackt zum Telefon und nahm den Hörer nach dem zweiten Läuten ab.

»Ja?«

Eine lange Pause am anderen Ende, und einen Augenblick dachte Quinn, der Anrufer habe aufgelegt. Dann kam wie aus großer Entfernung der Klang einer Stimme, wie er dergleichen noch nie gehört hatte. Sie war mechanisch, aber voll Gefühl, kaum mehr als ein Flüstern und dennoch deutlich vernehmbar und so gleichmäßig im Tonfall, daß er nicht sagen konnte, ob sie die eines Mannes oder die einer Frau war.

»Hallo?« sagte die Stimme.

»Wer spricht dort?« fragte Quinn.

»Hallo?« sagte die Stimme wieder.

»Ich höre«, sagte Quinn. »Wer spricht dort?«

»Ist das Paul Auster?« fragte die Stimme. »Ich möchte Mr. Paul Auster sprechen.«

»Hier gibt es niemanden, der so heißt.«

»Paul Auster. Vom Detektivbüro Auster.«

»Tut mir leid«, sagte Quinn. »Sie müssen die falsche Nummer gewählt haben.«

»Die Angelegenheit ist äußerst dringend«, sagte die Stimme.

»Ich kann nichts für Sie tun«, sagte Quinn. »Hier gibt es keinen Paul Auster.«

»Sie verstehen nicht«, sagte die Stimme. »Die Zeit wird knapp.«

»Dann schlage ich vor, Sie wählen noch einmal. Dies ist kein Detektivbüro.«

Quinn legte den Hörer auf. Er stand auf dem kalten Boden und blickte auf seine Füße, seine Knie, seinen schlaffen Penis hinunter. Einen kurzen Augenblick bedauerte er, daß er dem Anrufer gegenüber so kurz angebunden gewesen war. Es hätte, dachte er, interessant sein können, ein wenig auf ihn einzugehen. Vielleicht hätte er etwas über den Fall herausbekommen – vielleicht sogar irgendwie helfen können. »Ich muß mehr auf der Hut sein«, sagte er sich.

Wie die meisten Menschen wußte Quinn beinahe nichts über Verbrechen. Er hatte nie jemanden ermordet, nie etwas gestohlen, und er kannte auch niemanden, der so etwas getan hatte. Er war nie in einem Polizeirevier gewesen, hatte nie einen Privatdetektiv kennengelernt, hatte nie mit einem Verbrecher gesprochen. Was er über diese Dinge wußte, hatte er aus Büchern, Filmen und Zeitungen erfahren. Er betrachtete das jedoch nicht als Handicap. Was ihn an den Geschichten, die er schrieb, interessierte, war nicht ihre Beziehung zur Welt, sondern zu anderen Geschichten. Schon bevor er William Wilson wurde, war Quinn ein eifriger Leser von Detektivromanen gewesen. Er wußte, daß die meisten schlecht geschrieben waren, daß die meisten keiner noch so oberflächlichen Prüfung standhalten konnten, aber die Form sprach ihn an, und nur einen ganz besonders schlechten Detektivroman würde er sich zu lesen geweigert haben. Während sein Geschmack bei anderen Büchern streng, anspruchsvoll bis zur Engstirnigkeit war, kannte er bei diesen beinahe überhaupt kein Urteilsvermögen. Wenn er in der richtigen Stimmung war, konnte er ohne große Mühe zehn oder zwölf davon hintereinander lesen. Eine Art Hunger überkam ihn dann, ein heftiges Verlangen nach einer besonderen Speise, und er hörte nicht auf, bis er sich satt gegessen hatte.

Was ihm an diesen Büchern gefiel, war ihr Sinn für Perfektion und Sparsamkeit. Im guten Detektivroman wird nichts verschwendet, kein Satz, kein Wort ist ohne Bedeutung. Und selbst wenn es zunächst keine hat, steckt in ihm die Möglichkeit, eine zu haben – was auf dasselbe hinausläuft. Die Welt des Buches wird lebendig, brodelt vor Geheimnissen und Widersprüchen. Da alles, was gesehen und gesagt wird, selbst das Geringfügigste, Trivialste, etwas mit dem Ausgang der Geschichte zu tun haben kann, darf nichts übersehen werden. Alles wird wesentlich, der Mittelpunkt des Buches verlagert sich mit jedem Ereignis, das die Handlung vorwärtstreibt. Daher ist der Mittelpunkt überall, und kein Kreis kann gezogen werden, bevor das Buch endet.

Der Detektiv ist einer, der beobachtet, der horcht, der sich durch diesen Morast von Dingen und Ereignissen bewegt auf der Suche nach dem Gedanken, der Idee, die alles zusammenfaßt und allem einen Sinn gibt. Tatsächlich sind der Schriftsteller und der Detektiv austauschbar. Der Leser sieht die Welt mit dem Auge des Detektivs und erlebt das Wuchern ihrer Einzelheiten wie zum erstenmal. Er ist für die Dinge um ihn her wach geworden, so als könnten sie zu ihm sprechen, als könnten sie, wegen der Aufmerksamkeit, die er ihnen nun widmet, beginnen, eine andere Bedeutung zu haben als die bloße Tatsache ihrer Existenz. Der Privatdetektiv, »private eye«, das »private Auge«. Der Ausdruck hatte für Quinn eine dreifache Bedeutung. Da war nicht nur ein »i« wie in »ermitteln«, da war das »I« als Großbuchstabe, der winzige Lebenskeim, im Leib des atmenden Ichs verborgen. Zugleich war es auch das physische Auge des Schriftstellers, das Auge des Mannes, der aus sich selbst hinaussieht in die Welt und fordert, daß sich ihm die Welt enthüllt. Seit fünf Jahren lebte Quinn nun im Banne dieses Wortspiels.

Er hatte natürlich schon vor langer Zeit aufgehört, sich selbst für wirklich zu halten. Wenn er nun überhaupt auf der Welt lebte, so nur mit einigem Abstand, durch die imaginäre Person Max Works. Sein Detektiv mußte notwendigerweise wirklich sein. Die Natur des Buches erforderte es. Wenn Quinn es sich gestattet hatte, sich in die Grenzen eines sonderbaren und hermetischen Lebens zurückzuziehen, so lebte Work weiter in der Welt der anderen, und je mehr Quinn zu verschwinden schien, desto beharrlicher wurde Works Anwesenheit auf dieser Welt. Während Quinn dazu neigte, sich in seiner eigenen Haut fehl am Platze zu fühlen, war Work aggressiv, schlagfertig, an jedem Ort zu Hause, an dem er sich gerade befand. Dieselben Dinge, die für Quinn Probleme darstellten, nahm Work als selbstverständlich hin, und er ging durch das

Chaos seiner Abenteuer mit einer Leichtigkeit und Gelassenheit, die ihren Eindruck auf seinen Schöpfer nie verfehlten. Es war nicht unbedingt so, daß Quinn Work sein oder ihm auch nur ähneln wollte, aber es beruhigte ihn vorzugeben, Work zu sein, während er seine Bücher schrieb, zu wissen, daß er es in sich hatte, Work zu sein, wenn er es jemals wollte, und sei es nur im Geiste.

In dieser Nacht, während er endlich in den Schlaf hinüberglitt, versuchte Quinn sich vorzustellen, was Work zu dem Fremden am Telefon gesagt hätte. In einem Traum, den er später vergaß, stand er allein in einem Zimmer und feuerte mit einer Pistole auf eine kahle weiße Wand.

In der folgenden Nacht wurde Quinn überrumpelt. Er hatte gedacht, der Zwischenfall sei erledigt, und erwartete nicht, daß der Fremde noch einmal anrief. Er saß zufällig gerade auf der Toilette und entleerte seinen Darm, als das Telefon läutete. Es war etwas später als in der vorausgegangenen Nacht, vielleicht zehn oder zwölf Minuten vor eins. Quinn war eben bei dem Kapitel angekommen, das Marco Polos Reise von Peking nach Amoy schildert, und das Buch lag aufgeschlagen auf seinen Knien, während er in dem kleinen Badezimmer sein Geschäft verrichtete. Das Läuten des Telefons war entschieden ein Ärgernis. Wollte er sofort den Hörer abheben, so mußte er aufstehen, ohne sich abzuwischen, und es war ihm zuwider, in diesem Zustand durch die Wohnung zu gehen. Wenn er andererseits in seinem normalen Tempo beendete, was er tat, kam er nicht mehr rechtzeitig an den Apparat. Trotzdem zögerte Quinn, sich zu bewegen. Das Telefon bedeutete ihm nicht viel, und schon mehr als einmal hatte er daran gedacht, sich von ihm zu befreien. Was ihm am meisten mißfiel, war seine Tyrannei. Es hatte nicht nur die Macht, ihn gegen seinen Willen zu unterbrechen, sondern er gab seinem Befehl auch immer unweigerlich nach. Dieses Mal beschloß er, Widerstand zu leisten. Beim dritten Läuten waren seine Eingeweide leer. Beim vierten Läuten war es ihm gelungen, sich abzuputzen. Beim fünften Läuten hatte er seine Hose hochgezogen und das Badezimmer verlassen und ging ruhig durch die Wohnung. Er hob den Hörer nach dem sechsten Läuten ab, aber am anderen Ende war niemand mehr. Der Anrufer hatte aufgelegt.

In der nächsten Nacht hielt er sich bereit. Er lag auf dem Bett ausgestreckt, blätterte die Seiten der *Sporting News* durch und wartete auf den dritten Anruf. Ab und zu, wenn ihn die Nerven im Stich ließen, stand er auf und ging in der Wohnung auf und ab. Er legte eine Platte auf, Haydns Oper *Il Mondo della Luna*, und hörte sie von Anfang bis Ende. Er wartete und wartete. Um halb drei gab er endlich auf und ging schlafen.

Er wartete in der nächsten Nacht und ebenso in der darauffolgenden. Als er gerade seinen Plan aufgeben wollte, weil er erkannt hatte, daß alle seine Annahmen falsch gewesen waren, läutete das Telefon wieder. Es war der neunzehnte Mai. Er erinnerte sich später an das Datum, weil es der Hochzeitstag seiner Eltern war – oder gewesen wäre, wenn seine Eltern noch gelebt hätten –, und seine Mutter hatte ihm einmal gesagt, daß sie ihn in der Hochzeitsnacht empfangen habe. Das hatte ihm immer gefallen: daß er imstande war, den ersten Augenblick seiner Existenz genau zu bestimmen, und im Laufe der Jahre hatte er für sich selbst seinen Geburtstag an diesem Tag gefeiert. Diesmal war es etwas früher als an den beiden anderen Abenden – noch nicht einmal elf Uhr –, und als er nach dem Hörer griff, nahm er an, es müsse jemand anders sein.

»Hallo?« sagte er.

Wieder ein Schweigen am anderen Ende. Quinn wußte sofort, daß es der Fremde war.

»Hallo?« sagte er noch einmal. »Was kann ich für Sie tun?«

»Ja«, sagte die Stimme endlich. Dasselbe mechanische Flüstern, derselbe verzweifelte Ton. »Ja, es ist jetzt nötig, ohne Aufschub.«

»Was ist nötig?«

»Zu sprechen. Jetzt gleich. Jetzt gleich zu sprechen. Ja.«

»Und mit wem möchten Sie sprechen?«

»Immer noch mit demselben. Auster. Mit dem, der Paul Auster heißt.«

Diesmal zögerte Quinn nicht. Er wußte, was er tun wollte, und nun, da die Zeit gekommen war, tat er es auch.

»Am Apparat«, sagte er. »Hier spricht Paul Auster.«

»Endlich. Endlich habe ich Sie gefunden.« Er konnte die Erleichterung in der Stimme hören, die fühlbare Ruhe, die plötzlich von ihr Besitz zu ergreifen schien.

»Das ist richtig«, sagte Quinn. »Endlich.« Er schwieg einen Augenblick, um die Worte wirken zu lassen, auf sich selbst ebensosehr wie auf den anderen. »Was kann ich für Sie tun?«

»Ich brauche Hilfe«, sagte die Stimme. »Ich bin in großer Gefahr. Man sagt, Sie seien der beste für solche Dinge.«

»Kommt darauf an, was für Dinge Sie meinen.«

»Ich meine Tod. Ich meine Tod und Mord.«

»Das ist nicht ganz mein Fach«, sagte Quinn. »Ich gehe nicht herum und bringe Leute um.«

»Nein«, sagte die Stimme ungeduldig. »Ich meine es umgekehrt.«

»Jemand will Sie töten?«

»Ja, mich töten. Das ist richtig. Ich soll ermordet werden.«

»Und Sie wollen, daß ich Sie beschütze?«

»Mich beschützen, ja. Und den Mann finden, der es tun will.«

»Sie wissen nicht, wer es ist?«

»Doch, ich weiß es. Natürlich weiß ich es. Aber ich weiß nicht, wo er ist.«

15

»Können Sie mir mehr darüber sagen?«

»Nicht jetzt. Nicht am Telefon. Ich bin in großer Gefahr. Sie müssen hierher kommen.«

»Wie wäre es morgen?«

»Gut. Morgen. Schon früh. Am Vormittag.«

»Um zehn?«

»Gut, um zehn.« Die Stimme gab eine Adresse in der East 69th Street an. »Vergessen Sie es nicht, Mr. Auster. Sie müssen kommen.«

»Keine Sorge«, sagte Quinn. »Ich werde dort sein.«

2

Am nächsten Morgen wachte Quinn früher auf als in den vergangenen Wochen. Während er seinen Kaffee trank, Butter auf den Toast strich und die Baseballergebnisse in der Zeitung studierte (die Mets hatten wieder verloren, zwei zu eins, durch einen Fehler beim neunten Schlag), kam ihm gar nicht der Gedanke, seine Verabredung einhalten zu wollen. Schon dieser Ausdruck, *seine Verabredung,* kam ihm komisch vor. Es war nicht seine, es war Paul Austers Verabredung. Und er hatte keine Ahnung, wer diese Person war.

Dennoch, als die Zeit verging, stellte er fest, daß er sehr gut einen Mann imitierte, der sich darauf vorbereitet auszugehen. Er räumte das Frühstücksgeschirr ab, warf die Zeitung auf die Couch, ging ins Badezimmer, duschte, rasierte sich, ging, in zwei Handtücher gewickelt, weiter ins Schlafzimmer, öffnete den Schrank und wählte seine Kleidung für den Tag aus. Er ertappte sich dabei, daß er an Sakko und Schlips dachte. Quinn hatte seit dem Begräbnis seiner Frau und seines Sohnes keinen Schlips mehr getragen und konnte sich nicht einmal mehr erinnern, ob er noch einen besaß. Aber da hing er zwischen den Überresten seiner Garderobe. Ein weißes Hemd lehnte er als zu förmlich ab und entschied sich statt dessen für ein graurot kariertes, das zum grauen Schlips paßte. Er zog sich an wie in Trance.

Erst als er die Hand schon auf die Türklinke gelegt hatte, begann er zu ahnen, was er tat. »Mir scheint, ich gehe fort«, sagte er sich. »Aber wenn ich fortgehe, wohin gehe ich dann eigentlich?« Eine Stunde später, als er an der Ecke 70th Street und Fifth Avenue aus dem Vierer-Bus stieg, hatte er diese Frage noch immer nicht beantwortet. Auf der einen Seite lag der Park, grün in der Morgensonne, mit harten, wandernden Schatten; auf der anderen stand das Frick, weiß und nüchtern, als wäre es den Toten überlassen. Er dachte einen Augenblick an Vermeers *Soldat und lachendes Mädchen* und versuchte, sich an den Gesichtsausdruck des Mädchens, die genaue Haltung ihrer Hände um den Becher, den roten Rücken des gesichtslosen Mannes zu erinnern. Im Geiste erhaschte er einen Blick auf die blaue Karte an der Wand und das Sonnenlicht, das durch das Fenster fiel und so sehr dem Sonnenlicht ähnelte, das ihn jetzt umgab. Er ging. Er überquerte die Straße und setzte seinen Weg nach Osten fort. In der Madison Avenue bog er nach rechts ab und ging einen Häuserblock weit nach Süden, dann wandte er sich nach links und erkannte, wo er war. »Ich scheine angekommen zu sein«, sagte er zu sich selbst. Er stand vor dem Gebäude. Plötzlich schien nichts mehr von Bedeutung zu sein. Er fühlte sich bemerkenswert ruhig, so als wäre mit ihm schon alles geschehen. Als er die Tür öffnete und den Hausflur betrat, gab er sich einen letzten Rat. »Wenn dies alles wirklich geschieht«, sagte er, »muß ich die Augen offen halten.«

Eine Frau öffnete die Wohnungstür. Aus irgendeinem Grunde hatte Quinn das nicht erwartet, und es brachte ihn aus der Fassung. Schon ging alles zu schnell. Bevor er noch Gelegenheit hatte, die Gegenwart der Frau in sich aufzunehmen, sie für sich selbst zu beschreiben und seine Eindrücke zu ordnen, sprach sie auch schon zu ihm und zwang ihn zu antworten. Daher hatte er schon in diesen ersten Augenblicken an Boden verloren und begann hinter sich selbst zurückzubleiben. Später, als er Zeit hatte, über diese Ereignisse nachzudenken, gelang es ihm, die Begegnung mit der Frau zusammenzustückeln. Aber das war das Werk der Erinnerung, und erinnerte Dinge, das wußte er, neigen dazu, die Dinge zu entstellen, an die man sich erinnert. Daher konnte er in bezug auf keines von ihnen sicher sein.

Die Frau war dreißig, vielleicht fünfunddreißig, bestenfalls mittelgroß; Hüften eine Spur zu breit, oder sinnlich, je nachdem, wie man es sehen will; dunkles Haar, dunkle Augen, und ein Blick in diesen Augen, der zugleich zurückhaltend und auf eine unbestimmte Weise verführerisch war. Sie trug ein schwarzes Kleid, und ihre Lippen waren sehr rot geschminkt.

»Mr. Auster?« Der Versuch eines Lächelns und eine fragende Neigung des Kopfes.

»Richtig«, sagte Quinn. »Paul Auster.«

»Ich bin Virginia Stillman«, sagte sie. »Peters Frau. Er wartet seit acht Uhr auf Sie.«

»Wir sind für zehn verabredet«, sagte Quinn und sah auf seine Uhr. Es war Punkt zehn.

»Er ist außer sich vor Aufregung«, erklärte die Frau. »Ich habe ihn noch nie so gesehen. Er konnte es einfach nicht erwarten.«

Sie bat Quinn einzutreten. Als er über die Schwelle in die Wohnung ging, fühlte er eine Leere in sich, als hätte sich sein Gehirn plötzlich abgeschaltet. Er hatte alle Einzelheiten, die er sah, in sich aufnehmen wollen, aber diese Aufgabe überstieg im Augenblick seine Kräfte. Die Wohnung umgab ihn wie etwas Verschwommenes. Er erkannte, daß sie groß war, vielleicht fünf oder sechs Zimmer hatte, reich möbliert und mit zahlreichen Kunstgegenständen, silbernen Aschenbechern und kostbar gerahmten Gemälden an den Wänden geschmückt war. Aber das war alles. Nicht mehr als ein allgemeiner Eindruck – obwohl er da war und diese Dinge mit eigenen Augen betrachtete.

Plötzlich saß er auf einem Sofa, allein im Wohnzimmer. Er erinnerte sich, daß Mrs. Stillman gesagt hatte, er solle dort warten, während sie ihren Mann hole. Er konnte nicht sagen, wie lange das her war. Sicherlich nicht mehr als eine Minute oder zwei. Aber so wie das Licht durch die Fenster hereinkam, schien es beinahe Mittag zu sein. Es fiel ihm jedoch nicht ein, auf die Uhr zu sehen. Der Geruch von Virginia Stillmans Parfum schwebte in der Luft, und er begann sich vorzustellen, wie sie ohne Kleider aussehen mochte. Dann überlegte er, was Max Work denken würde, wenn er da wäre. Er beschloß, sich eine Zigarette anzuzünden. Er blies den Rauch ins Zimmer, und es machte ihm Spaß zuzusehen, wie er seinen Mund in Stößen verließ, sich auflöste und neue Gestalt annahm, wenn ihn das Licht traf.

Er hörte, wie hinter ihm jemand das Zimmer betrat. Quinn erhob sich von seinem Sofa und drehte sich um in der Erwartung, Mrs. Stillman zu sehen. Statt dessen hatte er einen jungen Mann vor sich, ganz in Weiß gekleidet, mit dem weißblonden Haar eines Kindes. Unheimlicherweise dachte Quinn in diesem ersten Augenblick an seinen eigenen toten Sohn. Dann verschwand der Gedanke so schnell, wie er gekommen war.

Peter Stillman trat ins Zimmer und setzte sich Quinn gegenüber in einen roten Samtfauteuil. Er sagte kein Wort, während er zu seinem Platz ging, und nahm auch Quinns Anwesenheit nicht zur Kenntnis. Sich von einer Stelle an eine andere zu begeben schien seine ganze Aufmerksamkeit zu beanspruchen, so als müßte er zu Unbeweglichkeit erstarren, wenn er nicht an das dachte, was er tat. Quinn hatte noch niemanden gesehen, der sich so bewegte, und er erkannte sofort, daß *dies* die Person war, mit der er am Telefon gesprochen hatte. Der Körper agierte wie die Stimme: maschinenmäßig, ruckartig, mit bald langsamen, bald schnellen Bewegungen, steif und doch ausdrucksvoll, als wäre der Arbeitsvorgang außer Kontrolle geraten und entspräche nicht ganz dem Willen, der dahinterstand. Quinn hatte den Eindruck, daß Stillmans Körper lange nicht benutzt und daß jede Funktion neu erlernt worden war, so daß die Fortbewegung zu einem bewußten Prozess geworden und jede Bewegung in die Teilbewegungen zerlegt war, aus denen sie sich zusammensetzte, so daß das Fließen und jegliche Spontaneität verlorengegangen waren. Es war, als sähe man einer Marionette zu, die ohne Fäden zu gehen versuchte.

Alles an Peter Stillman war weiß. Weißes Hemd, am Hals offen, weiße Hose, weiße Schuhe, weiße Socken. Gegen die Blässe der Haut das dünne strohblonde Haar; er wirkte beinahe transparent, so als könnte man bis zu den blauen Adern unter der Haut seines Gesichtes hindurchblicken. Dieses Blau war beinahe das gleiche wie das Blau seiner Augen: ein milchiges Blau, das sich in eine Mischung von Himmel und Wolken aufzulösen schien. Quinn konnte sich nicht vorstellen, wie er ein Wort an diesen Menschen richten sollte. Stillmans Gegenwart war wie ein Gebot zu schweigen.

Stillman ließ sich langsam in seinem Sessel nieder und wandte schließlich seine Aufmerksamkeit Quinn zu. Als ihre Blicke einander begegneten, hatte Quinn mit einemmal das Gefühl, daß Stillman unsichtbar geworden war. Er konnte ihn sitzen sehen, in dem Sessel ihm gegenüber, hatte aber gleichzeitig das Gefühl, er sei nicht da. Quinn kam der Gedanke, daß Stillman vielleicht blind war, aber nein, das konnte nicht gut möglich sein. Der Mann sah ihn an, er musterte ihn sogar, und wenn auch kein Erkennen über sein Gesicht huschte, so hatte es doch mehr an sich als nur ein ausdrucksloses Starren. Quinn wußte nicht, was er tun sollte. Er saß stumm in seinem Sessel und erwiderte Stillmans Blick. Eine lange Zeit verging so.

»Keine Fragen, bitte«, sagte der junge Mann endlich.
»Ja. Nein. Danke.« Er unterbrach sich einen Augenblick.
»Ich bin Peter Stillman. Ich sage das aus meinem eigenen
freien Willen. Ja. Das ist nicht mein richtiger Name. Nein.
Natürlich ist mein Verstand nicht ganz, was er sein soll-
te. Aber dagegen läßt sich nichts machen. Nein. Dagegen.
Nein, nein. Nicht mehr.

Sie sitzen da und denken: Wer ist diese Person, die mit
mir spricht? Was kommen da für Worte aus seinem Mund?
Ich will es Ihnen sagen. Oder ich will es Ihnen nicht sagen.
Ja und nein. Mein Verstand ist nicht ganz, was er sein sollte. Ich sage das aus meinem eigenen freien Willen. Aber
ich will es versuchen. Ja und nein. Ich will versuchen, es
Ihnen zu sagen, selbst wenn es mir mein Verstand schwer-
macht. Danke.

Mein Name ist Peter Stillman. Vielleicht haben Sie von
mir gehört. Doch wohl eher nicht. Macht nichts. Das ist
nicht mein richtiger Name. An meinen richtigen Namen
kann ich mich nicht erinnern. Verzeihen Sie. Nicht, daß es
etwas ausmacht. Das heißt, nicht mehr.

Das also nennt man Sprechen. Ich glaube, das ist der
richtige Ausdruck. Wenn Wörter herauskommen, in die
Luft fliegen, einen Augenblick leben und sterben. Seltsam, nicht wahr? Ich selbst habe da keine Meinung. Nein
und noch einmal nein. Aber immerhin, es gibt Wörter, die
Sie brauchen werden. Es gibt viele davon. Viele Millionen, denke ich. Vielleicht nur drei oder vier. Verzeihen Sie.
Aber ich bin heute so gut in Form. Viel besser als sonst.
Ich kann Ihnen die Wörter geben, die Sie haben müssen,
das wird ein großer Sieg sein. Danke. Ich danke Ihnen eine millionmal.

Vor langer Zeit gab es Mutter und Vater. Ich erinnere
mich an nichts davon. Sie sagen: Mutter ist gestorben. Wer
sie sind, kann ich nicht sagen. Verzeihen Sie. Aber das sagen sie.

Keine Mutter also. Haha. So ist jetzt mein Gelächter, mein Hokuspokus, daß mir der Bauch platzt. Hahaha. Der große Vater sagte: Das ist ganz egal. Für mich. Das heißt, für ihn. Der große Vater mit den großen Muskeln und dem Klatsch, Klatsch, Klatsch. Keine Fragen jetzt, bitte.

Ich sage, was sie sagen, weil ich nichts weiß. Ich bin nur der arme Peter Stillman, der Junge, der sich nicht erinnern kann. Huhu. Wohl oder übel. Einfaltspinsel. Verzeihen Sie. Sie sagen, sie sagen. Aber was sagt der arme kleine Peter? Nichts. Nichts. Nichts mehr.

Da war dies. Dunkel. Sehr dunkel. So dunkel wie sehr dunkel. Sie sagen: Das war das Zimmer. Als ob ich darüber reden könnte. Die Dunkelheit, meine ich. Danke.

Dunkel, dunkel. Sie sagen, neun Jahre lang. Nicht einmal ein Fenster. Armer Peter Stillman. Und das Klatsch, Klatsch, Klatsch. Die Kackehaufen. Die Pipiseen. Die Ohnmachten. Verzeihen Sie. Starr und nackt. Verzeihen Sie. Nicht mehr.

Da ist also die Dunkelheit. Das können Sie mir glauben. Es gab Essen in der Dunkelheit, ja, viel Essen in dem stillen, dunklen Zimmer. Er aß mit den bloßen Händen. Verzeihen Sie. Ich meine Peter. Und wenn ich Peter bin, um so besser. Das heißt, um so schlechter. Verzeihen Sie, ich bin Peter Stillman. Das ist nicht mein richtiger Name. Danke.

Armer Peter Stillman. Ein kleiner Junge war er. Kaum ein paar eigene Wörter. Und dann keine Wörter, und dann niemand, und dann nie, nie, nie. Nicht mehr.

Vergeben Sie mir, Mr. Auster. Ich sehe, daß ich Sie traurig mache. Keine Fragen, bitte. Mein Name ist Peter Stillman. Das ist nicht mein richtiger Name. Mein richtiger Name ist Mr. Traurig. Wie heißen Sie, Mr. Auster? Vielleicht sind Sie der richtige Mr. Traurig, und ich bin niemand.

Huhu! Verzeihen Sie. So ist mein Weinen und Klagen. Huhu, schluchz, schluchz. Was tat Peter in diesem Zimmer? Niemand kann es sagen. Manche sagen, nichts. Ich für mein Teil denke, daß Peter nicht denken konnte. Konnte er blinken? Konnte er trinken? Konnte er stinken? Hahaha. Verzeihen Sie. Manchmal bin ich so witzig.

Wimbelklick krümelknatsch unner. Klappklapp beschlapp. Tauber Ton, flackelviel, Kaumanna. Jajaja. Verzeihen Sie. Ich bin der einzige, der diese Wörter versteht.

Später und später und später. So sagen sie. Es dauerte zu lange für Peter, als daß er noch richtig im Kopf hätte sein können. Nie wieder. Nein, nein, nein. Sie sagen, daß mich jemand fand. Ich erinnere mich nicht. Nein, ich erinnere mich nicht, was geschah, als sie die Tür öffneten und das Licht hereinkam. Nein, nein, nein. Ich kann über all das nichts sagen. Nicht mehr.

Lange trug ich eine dunkle Brille. Ich war zwölf. Das sagen sie jedenfalls. Ich lebte in einem Krankenhaus. Nach und nach lehrten sie mich, Peter Stillman zu sein. Sie sagten: Du bist Peter Stillman. Danke, sagte ich. Jajaja. Danke und danke. Sagte ich.

Peter war ein Baby. Sie mußten ihm alles beibringen. Wie man geht, wissen Sie. Wie man ißt. Wie man auf der Toilette Aa und Pipi macht. Das war nicht übel. Auch wenn ich sie biß, gab es kein Klatsch, Klatsch, Klatsch. Später hörte ich sogar auf, mir die Kleider herunterzureißen.

Peter war ein braver Junge. Aber es war schwer, ihm Wörter beizubringen. Sein Mund arbeitete nicht richtig. Und natürlich war er in seinem Kopf nicht ganz richtig. Bababa, sagte er. Und dadada. Und wawawa. Verzeihen Sie. Es dauerte noch Jahre und Jahre. Jetzt sagen sie zu Peter: Du kannst nun gehen, wir können nichts mehr für dich tun. Peter Stillman, du bist ein Mensch, sagten sie. Es ist gut zu glauben, was Ärzte sagen. Ich danke ihnen sehr.

Ich bin Peter Stillman. Das ist nicht mein richtiger Name. Mein richtiger Name ist Peter Karnickel. Im Winter

bin ich Mr. Weiß, im Sommer bin ich Mr. Grün. Halten
Sie davon, was Sie wollen. Ich sage es aus meinem eigenen
freien Willen. Wimbelklick krümelknatsch unner. Das ist
schön, nicht wahr? Ich erfinde immerzu solche Wörter.
Dagegen ist nichts zu machen. Sie kommen ganz von selbst
aus meinem Mund. Übersetzen kann man sie nicht.

Fragen und fragen. Das führt zu nichts. Aber ich will
es Ihnen erzählen. Ich will nicht, daß Sie traurig sind, Mr.
Auster. Sie haben ein so freundliches Gesicht. Sie erinnern
mich an ein Sowas oder ein Stöhnen, ich weiß nicht, welches von beiden. Und Ihre Augen sehen mich an. Ja, ja. Ich
kann sie sehen. Das ist sehr gut. Danke.

Deshalb will ich es Ihnen erzählen. Keine Fragen, bitte.
Sie wollen wissen, wie alles andere war. Das heißt, der Vater. Der schreckliche Vater, der dem kleinen Peter all das
angetan hat. Seien Sie unbesorgt. Sie haben ihn an einen
dunklen Ort gebracht. Sie haben ihn eingesperrt und behalten. Hahaha. Verzeihen Sie. Manchmal bin ich so witzig. Dreizehn Jahre, sagten sie. Das ist vielleicht eine lange
Zeit. Aber ich weiß nichts von der Zeit. Ich bin jeden Tag
neu. Ich werde geboren, wenn ich morgens aufwache, ich
werde alt während des Tages, und ich sterbe abends, wenn
ich schlafen gehe. Das ist nicht meine Schuld. Ich bin heute
so gut in Form. Ich bin viel besser als jemals zuvor.

Dreizehn Jahre lang war der Vater fort. Er heißt auch
Peter Stillman. Sonderbar, nicht? Daß zwei Menschen
denselben Namen haben können. Ich weiß nicht, ob das
sein richtiger Name ist. Aber ich glaube nicht, daß er ich
ist. Wir sind beide Peter Stillman. Aber Peter Stillman ist
nicht mein richtiger Name. Vielleicht bin ich also letzten
Endes gar nicht Peter Stillman.

Dreizehn Jahre, sage ich. Oder sagen sie. Das ist egal.
Ich weiß nichts von der Zeit. Aber was sie mir sagen, ist:
Morgen gehen die dreizehn Jahre zu Ende. Das ist schlecht.
Auch wenn sie sagen, das ist es nicht, ist es doch schlecht.

Ich soll mich nicht erinnern. Aber ab und zu erinnere ich mich doch, trotz allem, was ich sage.

Er wird kommen. Das heißt, mein Vater wird kommen. Und er wird versuchen, mich zu töten. Danke. Aber ich will das nicht. Nein, nein. Nicht mehr. Peter lebt jetzt. Ja. Er ist nicht ganz richtig im Kopf, aber er lebt trotzdem. Und das ist doch etwas, oder nicht? Darauf können Sie Gift nehmen. Hahaha.

Ich bin jetzt hauptsächlich Dichter. Jeden Tag sitze ich in meinem Zimmer und schreibe ein neues Gedicht. Ich erfinde alle Wörter selbst, so wie damals, als ich im Dunkeln lebte. So beginne ich, mich an etwas zu erinnern, indem ich vorgebe, wieder im Dunkeln zu sein. Ich bin der einzige, der weiß, was die Wörter bedeuten. Sie können nicht übersetzt werden. Diese Gedichte werden mich berühmt machen. Den Nagel auf den Kopf treffen. Jajaja. Schöne Gedichte. So schön, daß die ganze Welt weinen wird.

Später mache ich vielleicht etwas anderes. Wenn ich mit dem Dichten fertig bin. Früher oder später, sehen Sie, werden mir die Wörter ausgehen. Jeder hat nur soundso viele Wörter in sich. Und was fange ich dann an? Ich denke, ich würde dann gern ein Feuerwehrmann sein. Und danach ein Doktor. Ist egal. Das letzte, was ich sein möchte, ist ein Hochseiltänzer. Wenn ich sehr alt bin und endlich gelernt habe, wie andere Leute zu gehen. Dann werde ich auf dem Seil gehen, und die Leute werden staunen. Sogar kleine Kinder. Ja, das würde mir gefallen. Auf dem Seil zu tanzen, bis ich sterbe.

Aber das hat nichts zu sagen. Es ist egal. Für mich. Wie Sie sehen können, bin ich ein reicher Mann. Ich brauche mir keine Sorgen zu machen. Nein, nein. Nicht deshalb. Darauf können Sie Gift nehmen. Der Vater war reich, und der kleine Peter bekam sein ganzes Geld, nachdem sie ihn im Dunkeln eingesperrt hatten. Hahaha. Verzeihen Sie, daß ich lache. Manchmal bin ich so witzig.

Ich bin der letzte der Stillmans. Das war eine feine Familie, oder jedenfalls sagt man das. Aus dem alten Boston, falls sie von ihr gehört haben. Ich bin der letzte. Es gibt keine anderen. Ich bin das Ende von jedermann, der letzte Mann. Um so besser, finde ich. Es ist nicht schade, daß nun alles endet. Es ist für jedermann gut, tot zu sein.

Der Vater war vielleicht nicht wirklich schlecht. Wenigstens sage ich das jetzt. Er hatte einen großen Kopf. So groß wie sehr groß, was bedeutete, daß er zuviel Platz darin hatte. So viele Gedanken in seinem großen Kopf. Aber Peter war arm, nicht wahr? Und in einer schrecklichen Lage. Peter, der nicht sehen oder sagen, der nicht denken oder tun konnte. Peter, der nicht konnte. Nein. Gar nichts.

Ich weiß nichts von alledem. Ich verstehe auch nichts. Meine Frau ist es, die mir alles erzählt. Sie sagt, es sei wichtig für mich zu wissen, wenn ich auch nicht verstehe. Um zu wissen, muß man verstehen. Ist das nicht so? Aber ich weiß nichts. Vielleicht bin ich Peter Stillman, vielleicht auch nicht. Mein richtiger Name ist Peter Niemand. Danke. Und was halten Sie davon?

Ich erzähle Ihnen also vom Vater. Es ist eine gute Geschichte, wenn ich sie auch nicht verstehe. Ich kann sie Ihnen erzählen, weil ich die Wörter kenne. Und das ist doch etwas, oder nicht? Ich meine, die Wörter zu kennen. Manchmal bin ich so stolz auf mich. Verzeihen Sie. Meine Frau sagt das. Sie sagt, der Vater sprach über Gott. Das ist für mich ein komisches Wort. Gott – God. Rückwärts gelesen heißt es dog – Hund. Und ein Hund sieht Gott nicht sehr ähnlich, nicht wahr? Wuff, wuff. Wau, wau. Das sind Hundewörter. Ich finde sie schön. So hübsch und wahr. Wie die Wörter, die ich erfinde.

Jedenfalls. Wie ich schon sagte. Der Vater sprach über Gott. Er wollte wissen, ob Gott eine Sprache hat. Fragen Sie mich nicht, was das bedeuten soll. Ich erzähle es Ihnen nur, weil ich die Wörter kenne. Der Vater dachte, ein Kind

27

könnte sie sprechen, wenn das Kind keine Menschen sah. Aber was für ein Kind gab es da? Ah. Jetzt fangen Sie an zu verstehen. Man brauchte nicht erst eins zu kaufen. Natürlich kannte Peter schon einige Menschenwörter. Dagegen war nichts zu machen. Aber der Vater dachte, vielleicht vergißt Peter sie. Nach einer Weile. Deshalb gab es so viel Klatsch, Klatsch, Klatsch. Jedesmal, wenn Peter ein Wort sagte, gab ihm sein Vater ein Klatsch. Zuletzt lernte Peter, nichts zu sagen. Jajaja. Danke.

Peter behielt die Wörter in seinem Innern. All diese Tage und Monate und Jahre. Dort in der Dunkelheit, der kleine Peter ganz allein, und die Wörter lärmten in seinem Kopf und leisteten ihm Gesellschaft. Deshalb arbeitet sein Mund nicht richtig. Armer Peter. Huhu! So sind seine Tränen. Der kleine Junge, der nie erwachsen werden kann.

Peter kann jetzt wie Menschen sprechen, aber er hat noch die anderen Wörter in seinem Kopf. Sie sind Gottes Sprache, und niemand sonst kann sie sprechen. Sie können nicht übersetzt werden. Deshalb lebt Peter so nahe bei Gott. Deshalb ist er ein berühmter Dichter.

Alles ist jetzt so gut für mich. Ich kann tun, was ich will. Jederzeit, überall. Ich habe sogar eine Frau. Sie können es sehen. Ich habe sie schon erwähnt. Vielleicht haben Sie sie sogar kennengelernt. Sie ist schön, nicht wahr? Ihr Name ist Virginia. Das ist nicht ihr richtiger Name. Aber das spielt keine Rolle. Für mich.

Sooft ich darum bitte, besorgt mir meine Frau ein Mädchen. Es sind Huren. Ich stecke meinen Wurm in sie hinein, und sie stöhnen. Es waren schon so viele da. Haha. Sie kommen hier herauf, und ich ficke sie. Es tut gut zu ficken. Virginia gibt ihnen Geld, und alle sind zufrieden. Darauf können Sie Gift nehmen. Haha.

Arme Virginia. Sie mag nicht ficken. Das heißt, mit mir. Vielleicht fickt sie mit einem anderen. Wer kann das sagen? Ich weiß nichts davon. Es ist egal. Aber wenn Sie nett zu Virginia sind, dürfen Sie sie vielleicht ficken. Das würde mich glücklich machen. Ihretwegen. Danke.

Also. Es gibt so viele Dinge. Ich versuche, sie Ihnen zu erzählen. Ich weiß, daß nicht alles richtig ist in meinem Kopf. Und das ist wahr, ja, und ich sage aus meinem eigenen freien Willen, daß ich manchmal einfach schreie und schreie. Aus keinem guten Grund. Als ob es einen Grund geben müßte. Aber aus keinem, den ich sehen kann. Oder sonst jemand. Nein. Und dann gibt es die Zeiten, in denen ich nichts sage. Tagelang ununterbrochen. Nichts, nichts, nichts. Ich vergesse, wie ich die Wörter aus meinem Mund kommen lassen soll. Dann fällt es mir schwer, mich zu bewegen. Ja, ja. Oder auch nur zu sehen. Dann werde ich Mr. Traurig.

Ich bin immer noch gern im Dunkeln. Wenigstens manchmal. Es tut mir gut, glaube ich. Im Dunkeln spreche ich. Gottes Sprache, und niemand kann mich hören. Seien Sie bitte nicht ungehalten. Ich kann nichts dagegen tun.

Das beste von allem ist die Luft. Ja. Und nach und nach habe ich gelernt, in ihr zu leben. Die Luft und das Licht, ja, das auch, das Licht, das auf alle Dinge scheint und sie hinstellt, damit meine Augen sie sehen. Da ist die Luft und das Licht, und das ist das beste von allem. Verzeihen Sie. Die Luft und das Licht. Ja. Bei schönem Wetter sitze ich gern am offenen Fenster. Manchmal sehe ich hinaus und beobachte die Dinge unter mir. Die Straße und all die Menschen, die Hunde und Autos, die Ziegel des Gebäudes auf der anderen Straßenseite. Und dann gibt es Zeiten, da schließe ich die Augen und sitze einfach da, der Wind bläst mir ins Gesicht, und das Licht ist in der Luft, ganz um mich herum und kurz vor meinen Augen, und die Welt ist ganz rot, schön rot drinnen in meinen Augen, während die Sonne auf mich und meine Augen scheint.

Es ist wahr, daß ich selten ausgehe. Es fällt mir schwer, und man kann mir nicht immer trauen. Manchmal schreie ich. Seien Sie nicht böse auf mich, bitte. Ich kann nichts dagegen tun. Virginia sagt, ich muß lernen, mich in der Öffentlichkeit zu benehmen. Aber manchmal kann ich mir nicht helfen. Die Schreie kommen einfach aus mir heraus.

Aber ich gehe wirklich gern in den Park. Da sind die Bäume und die Luft und das Licht. Es ist etwas Gutes in alldem, nicht wahr? Ja. Nach und nach werde ich besser da drinnen in mir. Ich kann es fühlen. Auch Dr. Wyshnegradsky sagt es. Ich weiß, daß ich noch der Marionettenjunge bin. Dagegen ist nichts zu machen. Nein, nein. Nicht mehr. Aber manchmal denke ich, ich werde endlich erwachsen und wirklich werden.

Vorerst bin ich noch Peter Stillman. Das ist nicht mein richtiger Name. Ich kann nicht sagen, wer ich morgen sein werde. Jeder Tag ist neu, und jeden Tag werde ich neu geboren. Ich sehe Hoffnung überall, sogar im Dunkeln, und wenn ich sterbe, werde ich vielleicht Gott.

Es gibt noch viel mehr Wörter zu sagen. Aber ich glaube nicht, daß ich sie sagen werde, Nein. Nicht heute. Mein Mund ist jetzt müde, und ich denke, es ist Zeit für mich zu gehen. Natürlich weiß ich nichts von der Zeit. Aber das spielt keine Rolle. Für mich. Ich danke Ihnen sehr. Ich weiß, Sie werden mir das Leben retten, Mr. Auster. Ich zähle auf Sie. Das Leben kann so lange dauern, Sie verstehen. Alles andere ist im Zimmer, mit der Dunkelheit, mit der Sprache Gottes, mit Schreien. Hier bin ich ein Teil der Luft, etwas Schönes, worauf das Licht scheinen kann. Vielleicht werden Sie sich das merken. Ich bin Peter Stillman. Das ist nicht mein richtiger Name. Ich danke Ihnen sehr.«

3

Die Rede war zu Ende. Wie lange sie gedauert hatte, vermochte Quinn nicht zu sagen. Denn erst jetzt wurde ihm bewußt, daß sie im Dunkeln saßen. Offenbar war ein ganzer Tag vergangen. Irgendwann während Stillmans Monolog war die Sonne im Zimmer untergegangen, aber Quinn hatte es nicht bemerkt. Nun konnte er die Dunkelheit und die Stille fühlen, und der Kopf summte ihm davon. Mehrere Minuten vergingen. Quinn dachte, daß es nun vielleicht an ihm war, etwas zu sagen, aber er konnte dessen nicht sicher sein. Er hörte Stillman auf seinem Platz ihm gegenüber schwer atmen. Sonst war kein Laut zu hören. Quinn konnte nicht entscheiden, was er tun sollte. Er dachte an mehrere Möglichkeiten, aber dann gab er eine nach der anderen wieder auf. Er saß in seinem Sessel und wartete, was als nächstes geschehen werde.

Das Geräusch von bestrumpften Beinen, die sich durch das Zimmer bewegten, unterbrach endlich die Stille. Das metallische Klicken eines Lampenschalters, und plötzlich war das Zimmer von Helle erfüllt. Quinns Augen wandten sich automatisch der Lichtquelle zu, und neben einer Tischlampe links von Peters Sessel sah er Virginia Stillman. Der junge Mann starrte geradeaus vor sich hin, als schliefe er mit offenen Augen. Mrs. Stillman beugte sich hinüber, legte Peter den Arm um die Schultern und sprach leise in sein Ohr.

»Es ist jetzt Zeit, Peter«, sagte sie. »Mrs. Saavedra wartet auf dich.«

Peter blickte zu ihr auf und lächelte. »Ich bin voller Hoffnung«, sagte er.

Virginia Stillman küßte ihren Mann zärtlich auf die Wange. »Sag Mr. Auster auf Wiedersehen.«

Peter stand auf. Oder vielmehr, er nahm das elende, langwierige Wagnis auf sich, seinen Körper aus dem Sessel zu manövrieren und sich auf die Füße zu stellen. Immer wieder fiel er zurück, sackte in sich zusammen, konnte sich plötzlich zwischendurch nicht mehr bewegen. Dabei gab er Grunzlaute und Wörter von sich, deren Sinn Quinn nicht ergründen konnte. In jedem Stadium gab es Rückfälle, Rückschläge, Zusammenbrüche, begleitet von plötzlichen Anfällen von Bewegungslosigkeit, Grunzlauten und Wörtern, deren Sinn Quinn nicht zu entziffern vermochte.

Endlich hatte sich Peter aufgerichtet. Er stand mit triumphierender Miene vor seinem Sessel und sah Quinn in die Augen. Dann lächelte er breit und unbefangen.

»Auf Wiedersehen«, sagte er.

»Auf Wiedersehen, Peter«, sagte Quinn.

Peter winkte mit einer kleinen spastischen Handbewegung, dann wandte er sich langsam um und ging durch das Zimmer. Er taumelte, hing zuerst nach rechts, dann nach links über, und seine Beine bogen sich auseinander und schlugen zusammen. Am anderen Ende des Zimmers stand in einem hellen Türrahmen eine Frau mittleren Alters in einer weißen Schwesterntracht. Quinn nahm an, daß dies Mrs. Saavedra war. Er folgte Peter Stillman mit den Blicken, bis der junge Mann durch die Tür verschwunden war.

Virginia Stillman setzte sich Quinn gegenüber in den Sessel, den ihr Mann gerade verlassen hatte.

»Ich hätte Ihnen das alles ersparen können«, sagte sie, »aber ich dachte, es ist das beste für Sie, wenn Sie es mit eigenen Augen sehen.«

»Ich verstehe«, sagte Quinn.

»Nein, das glaube ich nicht«, sagte die Frau bitter. »Ich glaube nicht, daß das irgend jemand versteht.«

Quinn lächelte umsichtig und beschloß, den Sprung zu wagen. »Was immer ich verstehe oder nicht verstehe, dürfte unerheblich sein«, sagte er. »Sie haben mich beauftragt, eine Arbeit zu erledigen, und je schneller ich damit vorankomme, desto besser. Soviel ich sehen kann, ist der Fall dringend. Ich behaupte nicht, Peter oder das, was Sie durchgemacht haben, zu verstehen. Wichtig ist, daß ich bereit bin zu helfen. Ich denke, Sie sollten sich damit zufriedengeben.«

Er lebte auf. Irgend etwas sagte ihm, daß er den richtigen Ton getroffen hatte, und ein plötzliches Gefühl der Freude erfüllte ihn, so als wäre es ihm soeben gelungen, eine Grenze in seinem Inneren zu überschreiten.

»Sie haben recht«, sagte Virginia Stillman. »Sie haben natürlich recht.«

Die Frau unterbrach sich, holte tief Atem, machte noch eine Pause, als probte sie im Geiste, was sie sagen wollte. Quinn bemerkte, daß ihre Hände die Armlehnen des Sessels fest umklammerten.

»Mir ist klar«, fuhr sie fort, »daß das meiste, was Peter sagt, sehr verwirrend ist – vor allem, wenn man ihn zum ersten Mal hört. Ich stand im Nebenzimmer und hörte, was er Ihnen sagte. Sie dürfen nicht annehmen, daß Peter immer die Wahrheit sagt. Andererseits wäre es falsch zu denken, daß er lügt.«

»Sie meinen, ich solle manches von dem, was er sagte, glauben und anderes nicht.«

»Genau das meine ich.«

»Ihre sexuellen Gewohnheiten, oder deren Mangel, gehen mich nichts an, Mrs. Stillman«, sagte Quinn. »Auch wenn das stimmt, was Peter sagte, so spielt es keine Rolle. Bei meiner Arbeit begegnet einem von allem etwas, und wenn man nicht lernt, mit seinem Urteil zurückzuhalten, kommt man nicht weit. Ich bin es gewohnt, mir die Geheimnisse der Menschen anzuhören, und ich bin es gewohnt, den Mund zu halten. Wenn eine Tatsache nicht direkt mit einem Fall zu tun hat, habe ich keine Verwendung für sie.«

Mrs. Stillman errötete. »Sie sollten nur wissen, daß das, was Peter gesagt hat, nicht stimmt.«

Quinn zuckte die Schultern, nahm eine Zigarette und zündete sie an. »So oder so«, sagte er, »es ist nicht wichtig. Was mich interessiert, ist das andere, was Peter sagte. Ich nehme an, es ist wahr, und wenn, möchte ich hören, was Sie dazu zu sagen haben.«

»Ja, es ist wahr.« Virginia Stillman ließ die Armlehnen los und stützte das Kinn in die rechte Hand. Nachdenklich, als suchte sie nach einer Haltung unbezweifelbarer Ehrlichkeit. »Peter hat die Art eines Kindes, es zu erzählen, aber was er sagte, ist wahr.«

»Erzählen Sie mir etwas über den Vater. Alles, was Ihnen bedeutsam erscheint.«

»Peters Vater ist einer der Bostoner Stillmans. Sie haben sicherlich von der Familie gehört. Im 19. Jahrhundert hat sie mehrere Gouverneure gestellt, einige episkopale Bischöfe, Botschafter, einen Rektor von Harvard. Gleichzeitig verdiente die Familie viel Geld mit Textilien, im Speditionsgeschäft und weiß Gott, wo noch. Die Einzelheiten sind unwichtig. Ich wollte Ihnen nur eine Vorstellung von dem Milieu geben.

Peters Vater ging nach Harvard wie alle anderen in der Familie. Er studierte Philosophie und Theologie und zeichnete sich in jeder Hinsicht aus. Seine Dissertation schrieb er über die theologischen Interpretationen der Neuen Welt im 16. und 17. Jahrhundert, dann nahm er einen Lehrauftrag an der theologischen Fakultät der Columbia University an. Nicht lange danach heiratete er Peters Mutter. Ich weiß nicht viel über sie. Nach den Fotos zu urteilen, die ich gesehen habe, war sie sehr hübsch. Aber zart – ein wenig wie Peter mit diesen hellen blauen Augen und der blassen Haut. Peter wurde einige Jahre später geboren. Die Familie lebte damals in einer großen Wohnung am Riverside Drive. Stillmans akademische Karriere ließ nichts zu wünschen übrig. Er arbeitete seine Dissertation um und machte ein Buch daraus – es ging sehr gut – und wurde mit vierunddreißig Jahren ordentlicher Professor. Dann starb Peters Mutter. An ihrem Tod ist alles unklar. Stillman behauptete, sie sei im Schlaf gestorben, aber die Indizien schienen auf Selbstmord zu deuten. Es war von einer Überdosis Schlaftabletten die Rede, aber natürlich konnte nichts bewiesen werden. Man sprach sogar davon, daß er sie umgebracht habe. Aber das waren bloße Gerüchte, und es kam nie etwas heraus. Die ganze Affäre wurde vertuscht.

Peter war damals gerade zwei, ein völlig normales Kind. Nach dem Tod seiner Frau hatte Stillman offensichtlich nur wenig mit ihm zu tun. Ein Kindermädchen wurde aufgenommen, und ungefähr ein halbes Jahr lang sorgte sie allein für Peter. Dann entließ Stillman sie aus heiterem Himmel. Ich kann mich nicht recht an ihren Namen erinnern – Miss Barber, glaube ich –, aber sie sagte im Prozeß aus. Anscheinend kam Stillman eines Tages nach Hause und sagte ihr, er werde sich nun um Peters Erziehung kümmern. Er reichte bei der Columbia University seinen Rücktritt ein und erklärte, er verlasse die Universität, um sich ganz seinem Sohn zu widmen. Geld spielte selbstverständlich keine Rolle, und niemand konnte etwas dagegen tun.

Damals verschwand er mehr oder weniger. Er blieb in derselben Wohnung, ging aber kaum jemals aus. Niemand weiß, was wirklich geschah. Ich denke, er begann an irgendwelche ausgefallenen religiösen Ideen zu glauben, über die er geschrieben hatte. Das machte ihn verrückt, völlig wahnsinnig. Anders kann man es nicht nennen. Er sperrte Peter in ein Zimmer in der Wohnung ein, machte die Fenster dicht und hielt ihn dort neun Jahre gefangen. Versuchen Sie, sich das vorzustellen, Mr. Auster. Neun Jahre. Eine ganze Kindheit im Dunkeln, von der Welt abgeschnitten, ohne menschlichen Kontakt außer gelegentlichen Schlägen. Ich lebe mit dem Ergebnis dieses Experiments zusammen und kann Ihnen sagen: Der Schaden war ungeheuerlich. Was Sie heute gesehen haben, war Peter in seiner besten Form. Es hat dreizehn Jahre gedauert, ihn so weit zu bringen, und der Teufel soll mich holen, wenn ich zulasse, daß ihm noch einmal jemand weh tut.«

Mrs. Stillman unterbrach sich, um wieder zu Atem zu kommen. Quinn fühlte, daß sie einem hysterischen Anfall nahe war und daß jedes weitere Wort ihn auslösen konnte. Er mußte etwas sagen, oder das Gespräch entglitt ihm.

»Wie wurde Peter schließlich entdeckt?« fragte er.

Die Frau entspannte sich ein wenig. Sie atmete hörbar aus und sah Quinn in die Augen.

»Ein Feuer brach aus«, sagte sie.

»Ein Unglücksfall oder Brandstiftung?«

»Das weiß niemand.«

»Was glauben Sie?«

»Ich glaube, Stillman war in seinem Arbeitszimmer. Er hatte dort die Aufzeichnungen über sein Experiment, und ich glaube, er erkannte schließlich, daß es gescheitert war. Ich will nicht sagen, daß er etwas bereute, aber selbst nach seinen Begriffen muß er eingesehen haben, daß er versagt hatte. Ich denke, er erreichte einen Punkt, an dem er sich selbst verabscheute, und beschloß, seine Papiere zu verbrennen. Aber das Feuer griff um sich, und ein großer Teil der Wohnung verbrannte. Zum Glück lag Peters Zimmer am Ende eines langen Korridors, und die Feuerwehr kam rechtzeitig zu ihm durch.«

»Und dann?«

»Es dauerte mehrere Monate, bis man sich Klarheit verschaffen konnte. Stillmans Papiere waren vernichtet worden, was bedeutete, daß man keine konkreten Beweise hatte. Aber da waren Peters Zustand, das Zimmer, in dem er eingesperrt gewesen war, diese gräßlichen Bretter vor den Fenstern, und die Polizei rekonstruierte schließlich den Fall. Stillman wurde vor Gericht gestellt.«

»Was geschah dort?«

»Stillman wurde für geisteskrank erklärt und weggebracht.«

»Und Peter?«

»Er kam auch in ein Krankenhaus. Dort blieb er bis vor zwei Jahren.«

»Haben Sie ihn dort kennengelernt?«

»Ja, im Krankenhaus.«

»Wie?«

»Ich war seine Sprechtherapeutin. Ich arbeitete mit Peter fünf Jahre lang jeden Tag.«

»Ich will nicht neugierig sein, aber wie hat das zur Ehe geführt?«

»Das ist kompliziert.«

»Macht es Ihnen etwas aus, es mir zu erzählen?«

»Nicht wirklich. Aber ich glaube nicht, daß Sie es verstehen werden.«

»Lassen Sie's darauf ankommen.«

»Gut. Um es einfach auszudrücken: Es war die beste Möglichkeit, Peter aus dem Krankenhaus herauszuholen und ihm die Chance zu geben, ein normales Leben zu führen.«

»Hätten Sie nicht zu seinem gesetzlichen Vormund ernannt werden können?«

»Die Verfahren sind sehr kompliziert. Außerdem war Peter nicht mehr minderjährig.«

»War das nicht ein ungeheures Opfer für Sie?«

»Nicht wirklich. Ich war schon einmal verheiratet – eine Katastrophe. Das ist nichts, was ich mir für mich selbst noch einmal wünsche. Aber mit Peter hat mein Leben wenigstens einen Sinn.«

»Stimmt es, daß Stillman entlassen werden soll?«

»Morgen. Er kommt am Abend in der Grand Central Station an.«

»Und Sie haben das Gefühl, daß er Peter etwas antun könnte. Ist das nur so eine Ahnung, oder haben Sie Beweise?«

»Ein wenig von beidem. Vor zwei Jahren wollte man Stillman schon einmal entlassen. Aber er schrieb Peter einen Brief, und ich zeigte ihn den Behörden. Sie kamen zu dem Schluß, daß er noch nicht entlassen werden durfte.«

»Was für eine Art von Brief war das?«

»Der Brief eines Geisteskranken. Er nannte Peter einen Teufel und sagte, der Tag der Abrechnung werde kommen.«

»Haben Sie den Brief noch?«

»Nein. Ich habe ihn vor zwei Jahren der Polizei gegeben.«

»Keine Kopie?«

»Tut mir leid. Halten Sie das für wichtig?«

»Es könnte wichtig sein.«

»Ich kann versuchen, eine für Sie zu bekommen.«

»Ich nehme an, nach diesem einen kamen keine Briefe mehr.«

»Nein, keine mehr. Und jetzt meinen sie, ist Stillman so weit, daß er entlassen werden kann. Das ist jedenfalls die offizielle Ansicht, und ich kann sie nicht aufhalten. Ich glaube aber, Stillman hat einfach seine Lektion gelernt. Er hat begriffen, daß Briefe und Drohungen nur seine Entlassung verhindern.«

»Daher machen Sie sich noch immer Sorgen.«

»Richtig.«

»Aber Sie haben keine genaue Vorstellung davon, was Stillman plant.«

»So ist es.«

»Was soll ich also tun?«

»Ich möchte, daß Sie ihn sorgfältig beobachten. Ich möchte, daß Sie herausbekommen, was er vorhat. Ich möchte, daß Sie ihn von Peter fernhalten.«

»Mit anderen Worten, eine bessere Art von Beschattung.«

»Ich nehme an, ja.«

»Ich glaube, Sie sollten verstehen, daß ich Stillman nicht daran hindern kann, dieses Gebäude aufzusuchen. Alles, was ich tun kann, ist, Sie warnen. Und ich kann es mir zur Aufgabe machen, mit ihm herzukommen.«

»Ich verstehe. Das ist immerhin ein gewisser Schutz.«

»Gut, wie oft soll ich mich bei Ihnen melden?«

»Ich möchte, daß Sie mir jeden Tag berichten. Sagen wir, ein Telefonanruf am Abend, so um zehn oder elf Uhr.«

»Kein Problem.«

»Sonst noch etwas?«

»Nur noch einige Fragen. Ich möchte zum Beispiel gern wissen, wie Sie erfahren haben, daß Stillman morgen abend in der Grand Central ankommt.«

»Ich habe es darauf angelegt, es herauszubekommen, Mr. Auster. Für mich steht zuviel auf dem Spiel, um so etwas dem Zufall zu überlassen. Und wenn Stillman nicht vom Augenblick seiner Ankunft an überwacht wird, könnte er leicht spurlos verschwinden. Ich möchte nicht, daß das geschieht.«

»Mit welchem Zug kommt er?«

»Mit dem um achtzehn Uhr einundvierzig aus Poughkeepsie.«

»Ich nehme an, Sie haben ein Foto von Stillman.«

»Ja, natürlich.«

»Dann ist da noch Peter. Ich möchte wissen, warum Sie ihm das alles überhaupt gesagt haben. Wäre es nicht besser gewesen, es zu verschweigen?«

»Das wollte ich auch. Aber Peter hörte zufällig am anderen Apparat mit, als ich die Nachricht von der Entlassung seines Vaters bekam. Ich konnte nichts dagegen tun. Peter kann sehr hartnäckig sein, und ich habe die Erfahrung gemacht, daß es das beste ist, ihn nicht anzulügen.«

»Eine letzte Frage. Wer hat Sie an mich verwiesen?«

»Mrs. Saavedras Mann, Michael. Er war früher Polizist, und er hörte sich ein wenig um. Er stellte fest, daß Sie für so etwas der beste Mann in der Stadt sind.«

»Sehr schmeichelhaft für mich.«

»Nach allem, was ich bisher von Ihnen gesehen habe, Mr. Auster, bin ich sicher, daß wir den richtigen Mann gefunden haben.«

Quinn nahm das als Stichwort, um aufzustehen. Es war eine Erleichterung, endlich die Beine ausstrecken zu können. Alles war gut gegangen, viel besser, als er erwartet hatte, aber er hatte nun Kopfweh, und sein Körper schmerzte vor Erschöpfung wie schon seit Jahren nicht mehr. Er war sicher, daß er sich verraten würde, wenn er noch lange bliebe.

»Mein Honorar ist hundert Dollar pro Tag plus Spesen«, sagte er. »Wenn Sie mir einen Vorschuß geben könnten, wäre das die Bestätigung dafür, daß ich für Sie arbeite – was uns eine privilegierte Beziehung zwischen Detektiv und Mandant sichern würde. Das heißt, alles, was zwischen uns vorgeht, wäre streng vertraulich.«

Virginia Stillman lächelte wie über einen heimlichen Scherz, den nur sie kannte. Oder vielleicht reagierte sie nur auf die Doppeldeutigkeit seines letzten Satzes. Wie bei so vielen Dingen, die mit ihm in den folgenden Tagen und Wochen geschahen, wußte Quinn nichts mit Sicherheit zu sagen.

»Wieviel hätten Sie gern?« fragte sie.

»Das ist mir gleich. Ich überlasse es Ihnen.«

»Fünfhundert?«

»Ja, das wäre mehr als genug.«

»Gut. Ich hole mein Scheckbuch.« Virginia Stillman stand auf und lächelte Quinn wieder zu. »Ich bringe Ihnen auch ein Bild von Peters Vater mit. Ich glaube, ich weiß, wo es ist.«

Quinn dankte ihr und sagte, er werde warten. Er sah ihr nach, als sie das Zimmer verließ, und ertappte sich wieder dabei, daß er sich vorstellte, wie sie ohne Kleider aussehen mochte. Machte sie ihm Avancen, fragte er sich, oder war es nur seine eigene Phantasie, die ihm wieder einmal einen Streich spielte? Er beschloß, seine Überlegungen aufzuschieben und sich später noch einmal mit dem Thema zu beschäftigen.

Virginia Stillman kam ins Zimmer zurück und sagte: »Hier ist der Scheck. Ich hoffe, ich habe ihn richtig ausgestellt.«

Ja, ja, dachte Quinn, während er den Scheck prüfte, alles tipptopp. Er freute sich über seine Schlauheit. Der Scheck war natürlich auf Paul Auster ausgestellt, was bedeutete, daß Quinn nicht dafür zur Rechenschaft gezogen werden konnte, daß er sich ohne Lizenz als Privatdetektiv ausgab. Es beruhigte ihn zu wissen, daß er sich abgesichert hatte. Daß er den Scheck nie einlösen konnte, störte ihn nicht. Er begriff schon damals, daß er all das nicht für Geld tat. Er schob den Scheck in die innere Brusttasche.

»Es tut mir leid, daß ich kein neueres Foto habe«, sagte Virginia Stillman. »Dieses hier ist vor mehr als zwanzig Jahren gemacht worden. Aber ich fürchte, das ist alles, was ich tun kann.«

Quinn betrachtete das Bild von Stillmans Gesicht und hoffte auf eine spontane Erleuchtung, eine plötzliche, aus dem Verborgenen aufsteigende Erkenntnis, die ihm helfen würde, den Mann zu verstehen. Aber das Bild sagte ihm nichts. Es war einfach nur das Bild eines Mannes. Er studierte es noch einen Augenblick länger und kam zu dem Schluß, daß es irgend jemanden und niemanden darstellte.

»Ich werde es mir genauer ansehen, wenn ich nach Hause komme«, sagte er und steckte es in dieselbe Tasche, in der sich schon der Scheck befand. »Ich bin sicher, ich werde ihn morgen am Bahnhof erkennen, wenn ich die inzwischen vergangenen Jahre berücksichtige.«

»Ich will es hoffen«, sagte Virginia Stillman. »Es ist so wichtig, und ich verlasse mich auf Sie.«

»Keine Sorge«, sagte Quinn. »Ich habe noch niemanden enttäuscht.«

Sie begleitete ihn zur Tür. Einige Sekunden lang blieben sie schweigend davor stehen und wußten nicht, ob es noch etwas zu sagen gab oder ob es Zeit war, sich zu verabschieden. In dieser kurzen Pause warf Virginia Stillman plötzlich die Arme um Quinn, ihre Lippen suchten die seinen, und sie küßte ihn leidenschaftlich und steckte ihm die Zunge tief in den Mund. Quinn war so überrascht, daß er es beinahe zu genießen versäumte.

Als er endlich wieder atmen konnte, hielt ihn Mrs. Stillman auf Armeslänge und sagte: »Das soll beweisen, daß Ihnen Peter nicht die Wahrheit gesagt hat. Es ist sehr wichtig, daß Sie mir glauben.«

»Ich glaube Ihnen«, sagte Quinn. »Und auch wenn ich Ihnen nicht glaubte, würde es wirklich nichts ausmachen.«

»Ich wollte nur, daß Sie wissen, wozu ich imstande bin.«

»Ich glaube, ich kann es mir ganz gut vorstellen.«

Sie nahm seine Rechte in beide Hände und küßte sie. »Danke, Mr. Auster. Ich glaube wirklich, Sie sind die Rettung.«

Er versprach ihr, sie am nächsten Abend anzurufen, dann ging er durch die Tür, nahm den Fahrstuhl nach unten und verließ das Gebäude. Mitternacht war vorüber, als er auf die Straße trat.

4

Quinn hatte schon von Fällen wie Peter Stillman gehört. Früher, in den Tagen seines anderen Lebens, nicht lange nach der Geburt seines eigenen Sohnes, hatte er einmal ein Buch über den wilden Knaben von Aveyron rezensiert, und damals hatte er einige Nachforschungen über dieses Thema angestellt. Soweit er sich erinnern konnte, erschien der früheste Bericht über ein solches Experiment in den Schriften Herodots: Der ägyptische Pharao Psamtik ließ im 7. Jahrhundert v. Chr. zwei Kinder einsperren und befahl den für sie verantwortlichen Dienern, in ihrer Gegenwart niemals ein Wort zu sprechen. Nach Herodot, einem notorisch unzuverlässigen Chronisten, lernten die Kinder sprechen – ihr erstes Wort war das phrygische Wort für Brot. Im Mittelalter wiederholte Friedrich II., Kaiser des Heiligen Römischen Reiches, das Experiment. Er hoffte, die wahre »natürliche Sprache« des Menschen zu entdecken, und wandte ähnliche Methoden an, aber die Kinder starben, bevor sie ein einziges Wort sprachen. Anfang des 16. Jahrhunderts schließlich behauptete König Jakob IV. von Schottland, daß schottische Kinder, die man ebenso isoliert hatte, zuletzt »sehr gutes Hebräisch« gesprochen hätten, was zweifellos ein Scherz sein sollte.

Komische Käuze und von seltsamen Ideen Besessene waren jedoch nicht die einzigen, die sich für dieses Thema interessierten. Ein so gesunder und skeptischer Mann wie Montaigne befaßte sich eingehend mit dem Problem und schrieb in seinem bedeutendsten Essay, *Apologie des Raymond Sebond:* »Ich glaube, daß ein Kind, das in vollkommener Einsamkeit, fern von jeglicher Gesellschaft aufgezogen würde (was freilich ein schwer durchzuführendes Experiment wäre), eine Art Sprache haben würde, um seine Gedanken auszudrücken. Und es ist nicht glaubhaft, daß uns die Natur dieses Hilfsmittel versagt hat, welches sie vielen anderen Tieren gab ... Es bleibt aber noch zu erfahren, welche Sprache dieses Kind sprechen würde, und was darüber an Mutmaßungen vorgebracht wurde, hat keinen großen Anschein von Wahrheit.«

Abgesehen von derlei Experimenten gab es Fälle von zufälliger Isolation – Kinder, die sich im Wald verirrten, Seeleute, die auf Inseln ausgesetzt, Kinder, die von Wölfen großgezogen wurden – und die Fälle grausamer, sadistischer Eltern, die ihre Kinder aus keinem anderen Grund als unter dem Zwang ihres eigenen Wahnsinns einsperrten, an Betten ketteten, in Kammern prügelten und marterten. Quinn hatte die diesen Geschichten gewidmete umfangreiche Literatur gelesen. Da gab es den schottischen Seemann Alexander Selkirk (für manche das Vorbild Robinson Crusoes), der vier Jahre lang allein auf einer Insel vor der chilenischen Küste lebte und dem Kapitän zufolge, der ihn 1708 rettete, »seine Sprache durch Mangel an Gebrauch so sehr vergessen hatte, daß wir ihn kaum verstehen konnten«. Keine zwanzig Jahre später wurde Peter von Hannover, ein wilder Knabe von etwa vierzehn Jahren, den man nackt und stumm in einem Wald außerhalb der Stadt Hameln gefunden hatte, unter dem besonderen Schutz Georgs I. an den englischen Hof gebracht. Swift und Defoe erhielten Gelegenheit, ihn zu sehen, und auf Grund dieses Erlebnisses verfaßte Defoe 1726 seine Schrift *Mere Nature Delineated*. Peter lernte jedoch nie sprechen, und er wurde einige Monate später aufs Land geschickt, wo er ohne Interesse am anderen Geschlecht, an Geld oder anderen irdischen Dingen bis zum Alter von siebzig Jahren lebte.

Ein weiterer Fall war Victor, der wilde Knabe von Aveyron, der 1800 gefunden wurde. Unter der geduldigen und fürsorglichen Pflege Dr. Itards erlernte Victor eine rudimentäre Sprache, aber er kam nie über das Niveau eines kleinen Kindes hinaus. Besser bekannt als Victor war Kaspar Hauser, der 1828 eines Nachmittags in Nürnberg erschien, seltsam gekleidet und kaum fähig, einen verständlichen Laut zu äußern. Er konnte seinen Namen schreiben, benahm sich aber in jeder anderen Hinsicht wie ein kleines Kind. Er wurde von der Stadt adoptiert und der Obhut eines Lehrers anvertraut und verbrachte seine Tage, indem er auf dem Boden saß und mit Holzpferdchen spielte. Er nahm nur Brot und Wasser zu sich. Immerhin entwickelte sich Kaspar. Er wurde ein vorzüglicher Reiter, war zwanghaft reinlich, hatte eine Vorliebe für die Farben Rot und Weiß und besaß ein außergewöhnliches Gedächtnis, vor allem für Namen und Gesichter. Dennoch zog er es vor, im Hause zu bleiben, er scheute helles Licht und zeigte wie Peter von Hannover keinerlei Interesse an Sex und Geld. Als seine Erinnerung allmählich zurückkehrte, konnte er berichten, daß er viele Jahre auf dem Boden eines dunklen Raumes zugebracht hatte und von einem Mann gefüttert worden war, der nie mit ihm sprach oder sich sehen ließ. Nicht lange nach diesen Enthüllungen wurde Kaspar in einem öffentlichen Park von einem Unbekannten erdolcht.

Es war nun Jahre her, daß Quinn es sich zum letztenmal erlaubt hatte, an diese Geschichten zu denken. Das Thema Kinder war für ihn zu schmerzlich, vor allem wenn es um Kinder ging, die gelitten hatten, mißhandelt worden waren, gestorben waren, bevor sie erwachsen werden konnten.

Wenn Stillman der Mann mit dem Dolch war, der zurückkehrte, um sich an dem Jungen zu rächen, dessen Leben er zerstört hatte, wollte Quinn zur Stelle sein, um ihn daran zu hindern. Er wußte, daß er seinen eigenen

Sohn nicht wieder lebendig machen konnte, aber zumindest konnte er einen anderen davor bewahren zu sterben. Plötzlich war es für ihn möglich geworden, so etwas zu tun, und als er nun auf der Straße stand, stieg das, was vor ihm lag, wie ein schrecklicher Traum um ihn her auf. Er dachte an den kleinen Sarg, der den Körper seines Sohnes einschloß, und daran, wie er am Tag der Beerdigung in die Grube gesenkt wurde. Das ist Isolation, sagte er sich. Das ist Stille. Es half vielleicht nichts, daß sein Sohn auch Peter geheißen hatte.

5

An der Ecke 72nd Street und Madison Avenue winkte er ein Taxi heran. Während der Wagen durch den Park zur West Side ratterte, sah Quinn aus dem Fenster und fragte sich, ob dies dieselben Bäume waren, die Peter Stillman sah, wenn er in die Luft und das Licht hinausging. Er fragte sich, ob Peter dieselben Dinge sah wie er oder ob die Welt für ihn ein ganz anderer Ort war. Und wenn ein Baum kein Baum war, so fragte er sich, was er wirklich war.

Nachdem ihn das Taxi vor seinem Haus abgesetzt hatte, spürte Quinn, daß er hungrig war. Er hatte seit dem Frühstück am frühen Morgen nichts gegessen. Seltsam, dachte er, wie schnell die Zeit in der Stillman-Wohnung vergangen war. Wenn seine Berechnungen stimmten, hatte er dort mehr als vierzehn Stunden verbracht. Er selbst hatte aber das Gefühl, daß sein Aufenthalt höchstens drei oder vier Stunden gedauert haben konnte. Er tat diese Diskrepanz mit einem Achselzucken ab und sagte laut zu sich selbst: »Ich muß lernen, öfter auf die Uhr zu sehen.«

Er ging die 107th Street zurück, wandte sich auf dem Broadway nach links, ging weiter in Richtung der Wohnviertel und sah sich nach einem passenden Lokal um, wo er essen konnte. Eine Bar sagte ihm an diesem Abend nicht zu – das Essen im Dunkeln, das versoffene Geschwätz –, obwohl sie ihm sonst willkommen gewesen wäre. Als er die 112th Street überquerte, sah er, daß *Heights Luncheonette* noch offen war, und beschloß hineinzugehen. Es war ein hell erleuchtetes und dennoch tristes Lokal mit einem großen Regal voller Männermagazine an einer Wand, einer Abteilung für Schreibwaren, einer anderen für Zeitungen, mehreren Tischen für Stammgäste und einer langen Theke. Ein großer Puertoricaner mit einer Kochmütze aus weißer Pappe stand hinter der Theke. Seine Aufgabe war es, die Speisen zuzubereiten, hauptsächlich mit Knorpeln gespickte Hamburgerpastetchen, weiche Sandwiches mit blassen Tomaten und welken Salatblättern, Milchshakes, Eiercremes und Brötchen. Zu seiner Rechten, hinter der Registrierkasse versteckt, saß der Chef, ein kleiner, kahl werdender Mann mit krausem Haar und einer tätowierten KZ-Nummer auf dem Unterarm, der über sein Reich von Zigaretten, Pfeifen und Zigarren herrschte. Er saß dort teilnahmslos und las die Nachtschwärmerausgabe der *Daily News* vom nächsten Morgen.

Das Lokal war um diese Zeit fast leer. Am hinteren Tisch saßen zwei schäbig gekleidete alte Männer, der eine fett, der andere sehr mager, und studierten aufmerksam die Renntabellen. Zwei leere Kaffeetassen standen zwischen ihnen auf dem Tisch. Vorn, vor dem Regal, stand ein junger Student mit einem aufgeschlagenen Magazin in den Händen und starrte auf das Bild einer nackten Frau. Quinn setzte sich an die Theke und bestellte einen Hamburger und Kaffee. Als sich der Koch in Bewegung setzte, sagte er über die Schulter zu Quinn:

»Mann, haben Sie heute abend das Spiel gesehen?«

»Ich habe es verpaßt. Gibt es etwas Gutes zu berichten?«

»Was glauben Sie denn?«

Seit mehreren Jahren führte Quinn immer das gleiche Gespräch mit diesem Mann, dessen Namen er nicht kannte. Als er einmal in dieser Imbißstube gewesen war, hatten sie über Baseball gesprochen, und seither setzten sie dieses Gespräch fort, sooft Quinn kam. Im Winter redeten sie von Geschäften, Prognosen und Erinnerungen, während der Saison immer über das letzte Spiel. Sie waren beide Mets-Anhänger, und die Hoffnungslosigkeit dieser Leidenschaft hatte eine Art Band zwischen ihnen geschaffen.

Der Koch schüttelte den Kopf. »Die ersten beiden Male am Schlag macht Kingman Solos«, sagte er. »Peng, peng, Herrgott – von hier bis zum Mond. Jones wirft ausnahmsweise einmal gut, und es sieht gar nicht so schlecht aus. Es steht zwei zu eins am Ende der neunten. Pittsburgh kriegt einen in der zweiten und dritten, einer raus, die Mets gehen in die Reserve für Allen. Er wirft schlecht und schenkt dem Schlagmann das erste Mal. Die Mets setzen einen Mann aus dem Spiel oder können vielleicht einen Doppellauf kriegen, aber da kommt Pena und saut einen kleinen Bodenball hin, und das Luder flitzt Kingman zwischen den Beinen durch. Zwei Mann holen sich Punkte, und das war's. Gute Nacht, New York.«

»Dave Kingman ist ein Stück Dreck«, sagte Quinn und biß in seinen Hamburger.

»Aber behalten Sie Foster im Auge«, sagte der Koch.

»Foster ist erledigt, ausrangiert. Ein mieser Typ.«

Quinn kaute sorgfältig und suchte mit der Zunge nach verirrten Knochensplittern. »Sie sollten ihn per Expreß nach Cincinnati zurückschicken.«

»Ja, schon«, sagte der Koch. »Aber sie werden hart spielen, besser als letztes Jahr auf jeden Fall.«

»Ich weiß nicht«, sagte Quinn und biß wieder in seinen Hamburger. »Auf dem Papier sieht es gut aus, aber was haben sie wirklich? Stearns wird ständig verletzt. Sie haben ein paar Leute aus unbedeutenden Ligen, und Brooks kann sich nicht auf das Spiel konzentrieren. Mookie ist gut, aber er ist noch grün, und sie können sich nicht einmal entscheiden, wen sie rechts außen aufstellen sollen. Sie haben natürlich noch Rusty, aber der ist zu fett, um noch zu laufen. Und den Werfer können Sie vergessen. Sie und ich könnten morgen zu Shea gehen und uns als die beiden Topläufer einstellen lassen.«

»Vielleicht mache ich Sie zum Manager«, sagte der Koch. »Sie könnten den Arschlöchern zeigen, wo's lang geht.«

»Darauf können Sie Gift nehmen«, sagte Quinn.

Als er gegessen hatte, ging Quinn zu den Regalen mit den Schreibwaren hinüber. Eine Lieferung neuer Notizbücher war eingetroffen, und der Stapel sah eindrucksvoll aus, eine schöne Reihe von Blau, Grün, Rot und Gelb. Er nahm eines in die Hand und sah, daß es die engen Zeilen hatte, die er bevorzugte. Quinn schrieb alles mit einer Füllfeder und benutzte die Schreibmaschine nur für die Reinschrift, und er war immer auf der Suche nach guten Spiralblocks. Nun, da er sich auf den Fall Stillman eingelassen hatte, fand er, daß ein neues Notizbuch angebracht sei. Es wäre nützlich, ein eigenes Buch zu haben, in das er seine Gedanken, Beobachtungen und Fragen eintragen konnte. Auf diese Weise verlor er vielleicht nicht die Übersicht.

Er sah den Stapel durch und versuchte sich zu entscheiden, welches er nehmen sollte. Aus Gründen, die ihm nie klar wurden, fühlte er plötzlich ein unwiderstehliches Verlangen nach einem besonderen roten Notizbuch ganz unten. Er zog es heraus und prüfte es, indem er die Seiten behutsam über den Daumen ablaufen ließ. Er hätte sich nicht erklären können, warum es ihm so gut gefiel. Es war ein normales Notizbuch im Format achteinhalb mal elf mit hundert Seiten. Aber etwas daran schien ihn persönlich anzusprechen – so als wäre es sein einziges Schicksal auf der Welt, die Wörter aufzunehmen, die aus seiner Feder kamen. Beinahe verlegen wegen der Heftigkeit seiner Gefühle, klemmte Quinn das rote Notizbuch unter den Arm, ging zur Registrierkasse und kaufte es.

Als er eine Viertelstunde später wieder in seiner Wohnung war, nahm Quinn das Foto Stillmans und den Scheck aus der Tasche seines Sakkos und legte sie sorgfältig auf den Schreibtisch. Er räumte die abgebrannten Streichhölzer, Zigarettenstummel, Aschehäufchen, leeren Tintenpatronen, einige Münzen, Fahrkartenabrisse, Zettel mit Kritzeleien und ein schmutziges Taschentuch von der Platte und legte das rote Notizbuch in die Mitte. Dann ließ er die Rouleaus im Zimmer herunter, zog sich ganz aus und setzte sich an den Schreibtisch. Er hatte so etwas noch nie getan, aber irgendwie erschien es ihm passend, in diesem Augenblick nackt zu sein. Er blieb zwanzig oder dreißig Sekunden sitzen und versuchte, sich nicht zu bewegen, nichts anderes zu tun, als zu atmen. Dann schlug er das rote Notizbuch auf. Er nahm seine Füllfeder und schrieb seine Initialen, D. Q. (für Daniel Quinn), auf die erste Seite. Zum erstenmal seit mehr als fünf Jahren schrieb er seinen Namen in eines seiner Notizbücher. Er hielt einen Augenblick inne, um darüber nachzudenken, tat es dann aber als unerheblich ab. Er blätterte um. Einige Augenblicke lang studierte er die Leere der Seite und fragte sich, ob er nicht ein verdammter Narr sei. Dann drückte er die Feder auf die erste Zeile und machte die erste Eintragung in das rote Notizbuch.

»Stillmans Gesicht. Oder: Stillmans Gesicht, wie es vor zwanzig Jahren war. Unmöglich zu wissen, ob das Gesicht morgen ihm ähneln wird. Gewiß ist jedoch, daß dies nicht das Gesicht eines Wahnsinnigen ist. Oder ist das keine legitime Feststellung? Für mich jedenfalls wirkt es gütig, wenn nicht geradezu freundlich. Um den Mund eine Spur von Zärtlichkeit. Höchstwahrscheinlich blaue Augen mit einer Neigung zu tränen. Schütteres Haar schon damals, also jetzt vielleicht verschwunden, und der Rest grau oder sogar weiß. Er hat etwas merkwürdig Vertrautes: der grüblerische Typ, zweifellos überempfindlich, nervös, jemand, der stottern könnte, mit sich selbst kämpfen, um die Flut der Worte einzudämmen, die aus seinem Mund strömt.

Der kleine Peter. muß ich es mir vorstellen, oder kann ich es auf Treu und Glauben akzeptieren? Die Dunkelheit. Denken, daß ich selbst in diesem Zimmer bin und schreie. Ich zögere. Ich glaube auch nicht, daß ich es überhaupt verstehen will. Wozu auch? Das ist schließlich keine Geschichte. Es ist eine Tatsache, etwas, was auf der Welt geschieht, und ich soll eine Arbeit tun, eine einzige kleine Sache, und ich habe Ja dazu gesagt. Wenn alles gut geht, müßte es sogar ganz einfach sein. Ich bin nicht engagiert worden, um zu verstehen – nur um zu handeln. Das ist etwas Neues. Etwas, was ich mir um jeden Preis merken muß.

Und dennoch, wie sagt Dupin bei Poe? ›Eine Identifikation des Verstandes des Denkenden mit dem seines Gegners.‹ Aber das würde hier für Stillman senior gelten. Was wahrscheinlich noch schlimmer ist.

Was Virginia betrifft, bin ich in einer verzwickten Lage. Nicht nur der Kuß, der sich durch eine ganze Reihe von Gründen erklären ließe. Nicht, was Peter über sie sagte; das ist unwichtig. Ihre Ehe? Vielleicht. Ihre völlige Widersinnigkeit. Könnte es sein, daß es ihr um das Geld geht? Oder arbeitet sie irgendwie mit Stillman zusammen? Das würde alles ändern. Aber gleichzeitig wäre das sinnlos. Denn warum würde sie mich dann engagiert haben? Um einen Zeugen für ihre scheinbar guten Absichten zu haben? Vielleicht. Aber das scheint mir zu kompliziert zu sein.

Und doch: Warum habe ich das Gefühl, daß man ihr nicht trauen darf?

Noch einmal Stillmans Gesicht. Ich denke in diesen letzten Minuten, daß ich es schon einmal gesehen habe. Vielleicht vor Jahren hier im Viertel – vor der Zeit seiner Haft.

Sich erinnern, wie es ist, anderer Leute Kleider zu tragen. Damit beginnen, denke ich. Annehmen, ich muß. Damals, vor achtzehn, zwanzig Jahren, als ich kein Geld hatte und Freunde mir ihre Sachen zum Tragen gaben. J.s alter Mantel auf dem College, zum Beispiel. Und das seltsame Gefühl, das ich immer hatte, in seine Haut zu kriechen. Das ist wahrscheinlich ein Anfang.

Und dann, das wichtigste von allem: mich erinnern, wer ich bin. Mich erinnern, wer ich sein soll. Ich glaube nicht, daß das ein Spiel ist. Andererseits ist nichts klar. Zum Beispiel: Wer bist du? Und warum, wenn du es zu wissen glaubst, lügst du weiter? Ich weiß keine Antwort. Alles, was ich sagen kann, ist dies: Hören Sie mir zu. Mein Name ist Paul Auster. Das ist nicht mein richtiger Name.«

6

Quinn verbrachte den nächsten Vormittag mit Stillmans Buch in der Bibliothek der Columbia University. Er kam früh an, war der erste, als die Türen geöffnet wurden, und die Stille der Marmorhallen tröstete ihn, als wäre es ihm erlaubt worden, eine Krypta des Vergessens zu betreten. Nachdem er dem verschlafenen Aufseher hinter dem Tisch kurz seinen Ausweis gezeigt hatte, ließ er sich das Buch aus dem Magazin kommen, ging in den dritten Stock und setzte sich in einem der Raucherzimmer in einen grünen Lederfauteuil. Der helle Maimorgen lauerte draußen wie eine Versuchung, ein Ruf, ziellos im Freien zu wandern, aber Quinn widerstand ihm. Er drehte den Fauteuil um, setzte sich mit dem Rücken zum Fenster und schlug das Buch auf.

Der Garten und der Turm: Frühe Visionen der Neuen Welt bestand aus zwei annähernd gleich großen Teilen: »Der Mythos vom Paradies« und »Der Mythos von Babel«. Der erste konzentrierte sich auf die Entdeckungen der Forschungsreisenden von Kolumbus bis Raleigh. Stillman stellte die Behauptung auf, daß die ersten Männer, die nach Amerika kamen, glaubten, sie hätten zufällig das Paradies gefunden, einen zweiten Garten Eden. Im Bericht über seine dritte Reise, zum Beispiel, schrieb Kolumbus: »Denn ich glaube, daß hier das irdische Paradies liegt, welches keiner betreten kann, es sei denn mit Erlaubnis Gottes.« Über die Menschen dieses Landes schrieb Peter Martyr schon 1505: »Sie scheinen in jener goldenen Welt zu leben, von der alte Schriftsteller so viel sprechen und worin die Menschen einfach und unschuldig lebten, ohne den Zwang von Gesetzen, ohne Streit, ohne Richter oder Klageschriften, zufrieden, allein der Natur Genüge zu tun.« Oder wie der allgegenwärtige Montaigne mehr als ein halbes Jahrhundert später schreiben sollte: »Nach meiner Ansicht übertrifft, was wir tatsächlich bei diesen Völkern sehen, nicht nur alle Bilder, welche die Dichter vom Goldenen Zeitalter entwarfen, und alle ihre Erfindungen, welche den einstmals glücklichen Zustand der Menschheit darstellen, sondern auch die Auffassung und die Forderung der Philosophie selbst.« Vom ersten Anfang an war, Stillman zufolge, die Entdeckung der Neuen Welt der belebende Impuls des utopischen Denkens, der Funke, der die Hoffnung auf die Möglichkeit weckte, das menschliche Leben zu vervollkommnen – von Thomas Morus' Buch aus dem Jahre 1516 bis zur wenige Jahre später ausgesprochenen Prophezeiung des Gerónimo de Mendieta, daß Amerika ein idealer theokratischer Staat sein werde, eine wahre Civitas Dei.

Es gab jedoch einen gegensätzlichen Standpunkt. Wenn manche die Indianer in der Unschuld vor dem Sündenfall leben sahen, so gab es andere, die sie als wilde Bestien und Teufel in Menschengestalt beurteilten. Die Entdeckung von Kannibalen in der Karibik trug nicht dazu bei, diese Anschauung abzumildern. Die Spanier gebrauchten sie als Rechtfertigung, um die Eingeborenen zu ihren eigenen wirtschaftlichen Zwecken erbarmungslos auszubeuten. Denn wenn man den Menschen, den man vor sich hat, nicht als menschlich betrachtet, kennt das Gewissen nur wenige Hemmungen im Verhalten ihm gegenüber. Erst 1537 wurde durch die Bulle Pauls III. erklärt, daß die Indianer echte Menschen sind, die eine Seele besitzen. Trotzdem ging die Debatte noch einige Jahrhunderte weiter und gipfelte einerseits im »edlen Wilden« Lockes und Rousseaus – womit die theoretischen Grundlagen für die Demokratie in einem unabhängigen Amerika geschaffen wurden – und andererseits in dem Feldzug zur Ausrottung der Indianer in dem unerschütterlichen Glauben, daß nur ein toter Indianer ein guter Indianer sei.

Der zweite Teil des Buches begann mit einer neuerlichen Untersuchung des Sündenfalls. Indem er sich stark auf Milton und dessen *Verlorenes Paradies* – als Darstellung des orthodoxen puritanischen Standpunktes – stützte, behauptete Stillman, daß menschliches Leben, wie wir es kennen, erst nach dem Sündenfall begann. Denn wenn es im Garten Eden das Böse nicht gab, konnte es auch das Gute nicht geben. Milton selbst drückte es in den *Aeropagetica* so aus: »Aus der Schale eines Apfels, der gekostet wurde, sprangen Gut und Böse hervor in die Welt wie zwei fest miteinander verbundene Zwillinge.« Stillmans Auslegung dieses Satzes war überaus gründlich. Immer nach der Möglichkeit eines Doppelsinns, eines Wortspiels Ausschau haltend, zeigte er, daß das Wort »kosten« im Sinne von »schmecken« tatsächlich eine Anspielung auf das lateinische »sapere« war, das sowohl »schmecken« als auch »wissen« bedeutet und daher eine unterschwellige Anspielung auf den Baum der Erkenntnis enthält: die Quelle des Apfels, dessen Geschmack das Wissen in die Welt brachte, das heißt das Gute und das Böse. Stillman beschäftigte sich auch mit dem Begriff »fest verbunden«, der nur aus seinem Gegenteil, dem Getrenntsein, seinen Sinn erhält, so daß in ihm zwei gegensätzliche Bedeutungen vereint sind. Darin verkörpert sich eine Anschauung von der Sprache, die Stillman im gesamten Werk Miltons entdeckte. Im *Verlorenen Paradies,* zum Beispiel, hat jedes Schlüsselwort zwei Bedeutungen – eine vor dem Sündenfall und eine danach. Stillman isolierte einige dieser Wörter – unheilvoll, schlangenförmig, köstlich – und zeigte, wie ihre Verwendung, auf die Zeit vor dem Sündenfall bezogen, frei von moralischen Nebenbedeutungen war, während ihr

Gebrauch nach dem Sündenfall dunkel, mehrdeutig, von einem Wissen um das Böse beseelt war. Eine der Aufgaben Adams im Garten Eden war es, die Sprache zu erfinden, jedem Geschöpf und Ding seinen Namen zu geben. In diesem Zustande der Unschuld hatte seine Zunge unmittelbar ins Mark der Welt getroffen. Seine Wörter waren den Dingen, die er sah, nicht nur angehängt worden; sie hatten ihr Wesen enthüllt und sie buchstäblich zum Leben erweckt. Ein Ding und sein Name waren untereinander austauschbar. Nach dem Sündenfall galt das nicht mehr. Die Namen lösten sich von den Dingen; die Wörter verwandelten sich in eine Sammlung willkürlicher Zeichen. Die Sprache war von Gott getrennt worden. Die Geschichte vom Garten Eden zeichnet daher nicht nur den Fall des Menschen auf, sondern auch den Fall der Sprache.

Später folgt in der Genesis noch eine Geschichte über die Sprache. Stillman zufolge war die Episode des Turmbaus zu Babel eine genaue Wiederholung dessen, was im Garten Eden geschehen war – nur erweitert und in ihrer Bedeutung für die gesamte Menschheit verallgemeinert. Die Geschichte erhält einen besonderen Sinn, wenn man ihre Stellung im Buch beachtet: Genesis, Kapitel II, Vers 1 bis 9. Dies ist das letzte prähistorische Ereignis in der Bibel. Danach ist das Alte Testament ausschließlich eine Chronik der Hebräer. Mit anderen Worten, der Turm zu Babel steht als letztes Bild vor dem eigentlichen Beginn der Welt.

Stillmans Kommentare füllten noch viele Seiten. Er begann mit einer historischen Zusammenfassung der verschiedenen exegetischen Überlieferungen bezüglich der Geschichte, erläuterte die zahlreichen Fehldeutungen, die um sie herum entstanden waren, und schloß mit einer langatmigen Aufzählung von Legenden aus der Haggada (einem Kompendium der rabbinischen Deutungen aller nichtgesetzlichen Bereiche). Es wurde allgemein angenommen, schrieb Stillman, daß der Turm im Jahre 1996 nach der Schöpfung gebaut worden war, knapp 340 Jahre nach der Sintflut, »damit wir nicht zerstreut werden in alle Länder«. Gottes Strafe war eine Antwort auf diesen Wunsch, der einem früher in der Genesis ausgesprochenen Gebot widersprach: »Seid fruchtbar und mehret euch und erfüllet die Erde.« Indem er den Turm zerstörte, verurteilte Gott den Menschen dazu, diesem Befehl zu gehorchen. Nach einer anderen Lesart war der Turm jedoch eine Herausforderung Gottes. Nimrod, der erste Herrscher über die ganze Erde, wurde als Baumeister des Turmes bezeichnet: Babel sollte ein Schrein sein, der das Allumfassende seiner Macht symbolisierte. Dies war die prometheische Auffassung der Geschichte, und sie stützte sich auf die Sätze »des Spitze bis an den Himmel reiche« und »daß wir uns einen Namen machen«. Der Turmbau wurde zur zwanghaften, überwältigenden Leidenschaft der Menschheit, die zuletzt wichtiger war als das Leben selbst. Ziegel wurden kostbarer als Menschen. Arbeiterinnen hielten nicht einmal inne, um ihre Kinder zu gebären, sie banden das Neugeborene in ihre Schürze und arbeiteten sogleich weiter. Offensichtlich waren drei verschiedene Gruppen am Bau beteiligt: die im Himmel wohnen wollten, die Krieg gegen Gott führen wollten und die Götzenbilder verehren wollten. Gleichzeitig waren sie vereint in ihren Anstrengungen – »Es hatte aber alle Welt einerlei Zunge und Sprache« –, und die latente Macht einer vereinten Menschheit erzürnte Gott. »Und der Herr sprach: Siehe, es ist einerlei Volk und einerlei Sprache unter ihnen allen, und haben das angefangen zu tun; sie werden nicht ablassen von allem, was sie sich vorgenommen haben zu tun.« Diese Rede ist ein bewußtes Echo der Worte, die Gott sprach, als er Adam und Eva aus dem Garten vertrieb: »Siehe, Adam ist geworden wie unsereiner und weiß, was gut und böse ist. Nun aber, daß er nicht ausstrecke seine Hand und breche auch von dem Baum des Lebens und esse und lebe ewiglich. Da wies ihn Gott der Herr aus dem Garten Eden ...« Nach wieder einer anderen Lesart war die Geschichte nur als Erklärung für die Verschiedenheit der Völker und Sprachen gedacht. Denn wie sollte man die großen Unterschiede zwischen den Kulturen begreifen, wenn alle Menschen von Noah und seinen Söhnen abstammten? Einer anderen, ähnlichen Deutung zufolge war die Geschichte eine Erklärung für die Existenz von Heidentum und Götzendienst – denn vor ihr wurden alle Menschen als Monotheisten in ihrem Glauben dargestellt. Was den Turm selbst betrifft, so versank der Legende nach ein Drittel des Bauwerks in der Erde, ein Drittel wurde durch Feuer zerstört, und ein Drittel blieb stehen. Gott griff ihn auf zweierlei Art an, um den Menschen davon zu überzeugen, daß die Zerstörung eine göttliche Strafe und nicht ein Werk des Zufalls war. Der Teil, der stehenblieb, war jedoch immer noch so hoch, daß eine von oben betrachtete Palme nicht größer als eine Heuschrecke war. Es hieß auch, daß ein Mensch drei Tage lang im Schatten des Turms gehen konnte, ohne ihn je zu verlassen. Schließlich glaubte man, daß jeder, der die Ruine des Turms betrachtete, alles vergaß, was er jemals wußte. Was all dies mit der Neuen Welt zu tun hatte, wußte Quinn nicht zu sagen. Aber dann begann ein neues Kapitel, und plötzlich schilderte Stillman das Leben Henry Darks, eines Bostoner Geistlichen, der 1649 (am Tage der Hinrichtung Karls I.) in London geboren wurde, 1675 nach Amerika kam und 1691 in Cambridge, Massachusetts, bei einem Brand den Tod fand.

Nach Stillman hatte Henry Dark als junger Mann John Milton als Privatsekretär gedient – von 1669 bis zum Tode des Dichters fünf Jahre später. Das war neu für Quinn, denn er glaubte sich zu erinnern, daß der blinde Milton seine Werke einer seiner Töchter diktiert hatte. Dark, erfuhr er, war ein glühender Puritaner, Student der Theologie und ein begeisterter Verehrer des Werkes Miltons. Als er seinen Helden eines Abends auf einer kleinen Gesellschaft kennenlernte, wurde er zu einem Besuch in der folgenden Woche eingeladen. Das führte zu weiteren Besuchen, bis Milton schließlich Dark mit verschiedenen kleinen Aufgaben betraute: Er durfte Diktate aufnehmen, ihn durch die Straßen Londons führen, ihm aus den Werken der Alten vorlesen. In einem Brief, den Dark 1672 an seine Schwester in Boston schrieb, erwähnte er lange Diskussionen mit Milton über Feinheiten der Bibelexegese. Dann starb Milton, und Dark war untröstlich. Ein halbes Jahr später beschloß er, nach Amerika auszuwandern, da England für ihn eine Wüste war, ein Land, das ihm nichts zu bieten hatte. Er kam im Sommer 1675 in Boston an.

Von seinen ersten Jahren in der Neuen Welt weiß man wenig. Stillman mutmaßte, daß er westwärts gereist sein und unbekanntes Land erforscht haben könnte, aber für diese Ansicht konnten keine konkreten Beweise gefunden werden. Andererseits deuteten gewisse Hinweise in Darks Schriften auf eine gute Kenntnis indianischer Sitten hin, was Stillman zu der Annahme verleitete, Dark könnte möglicherweise eine Zeitlang bei einem der Stämme gelebt haben. Wie dem auch sei, Dark wurde nicht öffentlich erwähnt bis 1682, als sein Name in das Bostoner Heiratsregister eingetragen wurde. Er hatte eine gewisse Lucy Fitts zur Frau genommen. Zwei Jahre später wurde er als Vorsteher einer kleinen puritanischen Gemeinde am Rande der Stadt erwähnt. Dem Paar wurden mehrere Kinder geboren, aber sie starben alle im Säuglingsalter. Ein Sohn namens John, der 1686 geboren wurde, blieb am Leben, aber 1691 wurde berichtet, der Junge sei aus einem Fenster im zweiten Stock gefallen und ums Leben gekommen. Nur einen Monat später ging das ganze Haus in Flammen auf, und Dark und seine Frau wurden getötet.

Henry Dark wäre in der Dunkelheit des frühen Lebens in Amerika verschwunden, hätte er nicht 1690 eine Schrift mit dem Titel *Das neue Babel* veröffentlicht. Laut Stillman war dieses kleine, vierundsechzig Seiten starke Bändchen die visionärste Schilderung des neuen Kontinents, die bis dahin geschrieben worden war. Wäre Dark nicht so kurz nach dem Erscheinen des Bändchens gestorben, würde seine Wirkung zweifellos größer gewesen sein. Denn wie sich herausstellte, verbrannten die meisten Exemplare in dem Feuer, in dem Dark umkam. Stillman selbst hatte nur eines – durch reinen Zufall – auf dem Dachboden des Hauses seiner Familie in Boston entdecken können. Nach Jahren eifriger Nachforschung war er zu dem Schluß gelangt, daß dies das einzige noch existierende Exemplar war.

Das neue Babel trat in kühner Miltonscher Prosa dafür ein, das Paradies in Amerika zu errichten. Im Gegensatz zu anderen, die über dieses Thema schrieben, nahm Dark nicht an, daß das Paradies ein Ort sei, den man entdecken könne. Es gab keine Karten, die einen dorthin führen, keine Navigationsinstrumente, die einen an seine Küsten lenken konnten. Seine Existenz war vielmehr im Menschen selbst immanent: die Vorstellung eines Jenseits, das er eines Tages im Hier und Jetzt schaffen könnte. Denn Utopia war nirgendwo – auch nicht, wie Dark erklärte, in seiner »Wortheit«. Und wenn der Mensch diesen erträumten Ort hervorbringen konnte, dann nur, indem er ihn mit seinen eigenen Händen erbaute.

Dark gründete seine Schlußfolgerungen darauf, daß er die Geschichte von Babel als prophetisches Werk las. Er stützte sich ganz auf Miltons Deutung des Sündenfalls und folgte seinem Meister insofern, als er der Rolle der Sprache eine ungewöhnliche Bedeutung zuschrieb. Aber er ging noch einen Schritt über die Ideen des Dichters hinaus. War es, wenn der Fall des Menschen auch einen Fall der Sprache mit sich brachte, nicht logisch anzunehmen, daß es möglich wäre, den Fall ungeschehen zu machen und seine Wirkungen umzukehren, wenn man den Fall der Sprache rückgängig machte, indem man danach trachtete, die Sprache neu zu schaffen, die im Garten Eden gesprochen wurde? Wenn der Mensch lernen könnte, diese ursprüngliche Sprache der Unschuld zu sprechen, würde dann nicht folgen, daß er dadurch einen Zustand der inneren Unschuld wiedererlangen müßte? Wir brauchten nur das Beispiel Christi zu betrachten, argumentierte Dark, um zu begreifen, daß es sich so verhielt. Denn war Christus nicht ein Mensch, ein Wesen aus Fleisch und Blut? Und sprach Christus nicht diese Sprache der Zeit vor dem Sündenfall? In Miltons *Wiedergewonnenem Paradies,* spricht Satan mit »trügerischem Doppelsinn«, während Christi »Taten seinen Worten gleichen, seine Worte / Seinem großen Herzen Ausdruck leihn, sein Herz / Das Gute, Weise und Gerechte in vollkommener Gestalt enthält«. Und hatte Gott nicht »nun Sein lebendes Orakel / Der Welt gesandt, zu lehren Seinen Willen, / Und sendet Seinen Geist der Wahrheit, hinfort zu wohnen / In frommen Herzen, ein inwendiges Orakel / Für alle Wahrheit, deren ich bedarf«? Und hatte nicht durch Christus der Sündenfall einen glücklichen Ausgang gefunden, war er nicht eine *felix culpa*, wie die Lehre sagt? Daher, behauptete Dark, wäre es für den Menschen in der Tat möglich, die ursprüngliche Sprache der Unschuld zu sprechen und, ganz ungebrochen, die Wahrheit in sich selbst wiederzuerlangen.

Dark wandte sich dann der Geschichte von Babel zu, führte seinen Plan weiter aus und verkündete seine Vision der kommenden Dinge. Er zitierte den zweiten Vers, Genesis II – »Da sie nun zogen gen Morgen, fanden sie ein ebenes Land im Lande Sinear und wohnten daselbst« – und stellte fest, daß dieser Abschnitt die Bewegung des menschlichen Lebens und der Kultur nach Westen bewies. Denn die Stadt Babel – oder Babylon – lag in Mesopotamien, weit östlich des Landes der Hebräer. Wenn Babel östlich von allem lag, war es Eden, der Ursprungsort der Menschheit. Die Zerstreuung des Menschen über die ganze Erde, wie es seine Pflicht ist – laut Gottes Gebot: »Seid fruchtbar ... und erfüllet die Erde« –, würde unvermeidlich in westlicher Richtung vonstatten gehen. Und was für ein Land in der ganzen Christenheit, fragte Dark, lag weiter im Westen als Amerika. Die Reise englischer Siedler in die Neue Welt konnte daher als die Erfüllung des alten Gebotes gesehen werden. Amerika war der letzte Schritt in dem Prozeß. Sobald der Kontinent einmal erfüllt war, wäre die Zeit reif für einen Wandel im Geschick der Menschheit. Der Hinderungsgrund für den Bau von Babel – daß der Mensch die Erde erfüllen muß – würde entfallen. In diesem Augenblick würde es wieder für die ganze Erde möglich sein, einerlei Zunge und Sprache zu haben. Und wenn das geschah, konnte das Paradies nicht mehr fern sein.

Wie Babel 340 Jahre nach der Sintflut erbaut worden war, so würde – sagte Dark voraus – genau 340 Jahre nach der Ankunft der ›Mayflower‹ in Plymouth das Gebot erfüllt werden. Denn gewiß waren es die Puritaner, Gottes neues auserwähltes Volk, die das Los der Menschheit in ihren Händen hielten. Nicht die Hebräer, die Gott verrieten, da sie sich weigerten, seinen Sohn anzunehmen, sondern diese verpflanzten Engländer würden das Schlußkapitel der Geschichte schreiben, bevor Himmel und Erde endlich eins wurden. Wie Noah in seiner Arche waren sie über die weite Meeresflut gefahren, um ihre heilige Mission zu erfüllen.

Dreihundertvierzig Jahre nach Darks Berechnungen bedeuteten, daß 1960 der erste Teil des Werkes der Siedler getan sein würde. Zu diesem Zeitpunkt wären die Grundlagen für das eigentliche Werk geschaffen, das noch folgen sollte: der Bau des neuen Babel. Schon, schrieb Dark, sah er ermutigende Zeichen in der Stadt Boston, denn dort war wie nirgends sonst auf der Welt das häufigste Baumaterial der Ziegel, der in Genesis II,3 als das Baumaterial Babels bezeichnet wird. Im Jahre 1960, bemerkte er zuversichtlich, würde das neue Babel beginnen emporzuwachsen und in seiner Gestalt dem Himmel entgegenstreben als Symbol der Wiederauferstehung des menschlichen Geistes. Die Geschichte würde dann rückläufig geschrieben werden. Was gefallen war, würde wieder aufgerichtet, was zerbrochen war, würde wieder ganz werden. Sobald er einmal vollendet wäre, würde der Turm groß genug sein, um alle Bewohner der Neuen Welt aufzunehmen. Es würde einen Raum für jeden Menschen geben, und sobald er ihn betrat, würde er alles vergessen, was er jemals wußte. Nach vierzig Tagen und vierzig Nächten würde ein neuer Mensch hervortreten, der Gottes Sprache redete und bereit war, das zweite, immerwährende Paradies zu bewohnen.

So endete Stillmans Zusammenfassung der Schrift Henry Darks mit dem Datum des 20. Dezember 1960, des siebzigsten Jahrestages der Landung der ›Mayflower‹.

Quinn stieß einen kleinen Seufzer aus und schloß das Buch. Der Leseraum war leer. Er beugte sich vor, stützte den Kopf in die Hände und schloss die Augen. »Neunzehnhundertsechzig«, sagte er laut. Er versuchte, ein Bild von Henry Dark heraufzubeschwören. Vergeblich. Er sah im Geiste nur Feuer, eine Hölle brennender Bücher. Dann verlor er die Spur seiner Gedanken und den Ort, an den sie ihn geführt hatten, und erinnerte sich plötzlich, daß 1960 das Jahr war, in dem Stillman seinen Sohn eingesperrt hatte.

Er schlug das rote Notizbuch auf und legte es auf seine Knie. Gerade als er zu schreiben beginnen wollte, fand er, daß er genug von alledem hatte. Er schloß das rote Notizbuch wieder, stand aus seinem Sessel auf und legte Stillmans Buch auf den vordersten Tisch. Am Fuße der Treppe zündete er sich eine Zigarette an, dann verließ er die Bibliothek und ging in den Mainachmittag hinaus.

7

Er war lange vor der Zeit in der Grand Central Station. Stillmans Zug sollte erst um achtzehn Uhr einundvierzig ankommen, aber Quinn wollte die Gegebenheiten des Ortes studieren und dafür sorgen, daß ihm Stillman nicht entwischen konnte. Als er aus der U-Bahn heraufkam und die große Halle betrat, sah er auf der Uhr, daß es gerade erst vier vorbei war. Der Bahnhof füllte sich allmählich schon mit der Menschenmenge der Stoßzeit. Quinn bahnte sich seinen Weg gegen den Druck der hereinströmenden Körper, ging an den numerierten Eingängen entlang und suchte nach verborgenen Treppen, nicht gekennzeichneten Ausgängen und dunklen Nischen. Er kam zu dem Schluß, daß sich ein Mann, der zu verschwinden entschlossen war, keine große Mühe zu geben brauchte. Er mußte darauf hoffen, daß Stillman nicht vor ihm gewarnt worden war. Wenn das der Fall war und es Stillman gelang, ihm auszuweichen, so würde das bedeuten, daß Virginia Stillman dafür verantwortlich war. Sonst kam niemand in Betracht. Es tröstete ihn zu wissen, daß er einen alternativen Plan hatte, falls etwas dergleichen geschehen sollte. Wenn Stillman nicht erschien, wollte Quinn geradewegs in die 69th Street fahren und Virginia Stillman mit dem konfrontieren, was er wußte.

Während er durch den Bahnhof ging, erinnerte er sich selbst daran, wer er angeblich war. Er merkte allmählich, daß es keineswegs unangenehm war, Paul Auster zu sein. Obwohl er noch denselben Körper, denselben Verstand, dieselben Gedanken hatte wie sonst, war ihm zumute, als wäre er irgendwie aus sich selbst herausgenommen worden, als müßte er nicht mehr die Last seines eigenen Bewußtseins tragen. Durch einen einfachen Gedankentrick, eine geschickte kleine Namensänderung fühlte er sich unvergleichlich leichter und freier. Gleichzeitig wußte er, daß alles nur eine Illusion war. Aber darin lag ein gewisser Trost. Er hatte sich nicht wirklich verloren, er tat nur so, als ob, und er konnte wieder Quinn werden, wann immer er wollte. Die Tatsache, daß er als Paul Auster einen Zweck verfolgte – einen Zweck, der für ihn immer wichtiger wurde –, diente als eine Art moralischer Rechtfertigung für die Scharade und befreite ihn davon, seine Lüge verteidigen zu müssen. Denn sich als Auster vorzustellen, bedeutete nun in seinen Gedanken soviel wie Gutes auf der Welt tun.

Er ging also durch den Bahnhof, als befände er sich im Körper Paul Austers, und wartete auf das Erscheinen Stillmans. Er sah zu der gewölbten Decke der Halle hinauf und studierte das Fresko der Sternbilder. Glühbirnen stellten die Sterne dar und waren durch Strichzeichnungen zu den himmlischen Bildern verbunden. Quinn war nie imstande gewesen, den Zusammenhang zwischen den Sternbildern und ihren Namen zu begreifen. Als Junge hatte er viele Stunden unter dem Nachthimmel verbracht und versucht, die Haufen von hellen Nadelstichen mit den Formen von Wagen, Stier, Schütze und Wasserträger in Übereinstimmung zu bringen. Aber es war nie etwas dabei herausgekommen, und er hatte das Gefühl gehabt, dumm zu sein, so als gäbe es einen blinden Fleck mitten in seinem Hirn. Er fragte sich, ob es dem jungen Auster besser ergangen war als ihm.

Auf der anderen Seite war, auf dem größeren Teil der Ostwand der Bahnhofshalle, das Kodak-Schaufoto mit seinen brillanten, übernatürlichen Farben zu sehen. Es zeigte in diesem Monat eine Straße in einem Fischerdorf in Neuengland, vielleicht Nantucket. Ein warmes Frühlingslicht schien auf die Pflastersteine, Blumen in vielen Farben standen in den Kästen vor den Fenstern längs der Häuserfronten, und ganz unten am Ende der Straße war das Meer mit seinen weißen Schaumkronen und dem tiefblauen Wasser. Quinn erinnerte sich, daß er Nantucket vor langer Zeit mit seiner Frau zusammen besucht hatte, im ersten Monat ihrer Schwangerschaft, als sein Sohn nicht mehr als eine winzige Mandel in ihrem Schoß war. Er empfand es als schmerzhaft, jetzt daran zu denken, und er versuchte, die Bilder zu unterdrücken, die sich in seinem Kopf formten. »Sieh es mit Austers Augen«, sagte er sich, »und denke an nichts anderes.« Er richtete seine Aufmerksamkeit wieder auf die Fotografie und stellte erleichtert fest, daß seine Gedanken zum Thema Wale abwanderten, zu den Fangexpeditionen, die im vorigen Jahrhundert von Nantucket ausgingen, zu Melville und den ersten Seiten eines *Moby Dick*. Von dort aus trieben sie ab zu den Schilderungen, die er über Melvilles letzte Jahre gelesen hatte – der schweigsame alte Mann, der im New Yorker Zollamt arbeitete, ohne Leser, von allen vergessen. Dann sah er plötzlich mit großer Klarheit und Präzision Bartlebys Fenster und die unverputzte Ziegelmauer vor sich.

Jemand berührte seinen Arm, und als Quinn herumfuhr, um den Angriff abzuwehren, sah er einen kleinen stillen Mann, der ihm einen grün-roten Kugelschreiber entgegenhielt. An diesen angeheftet war eine kleine weiße Papierfahne, auf deren einer Seite stand: »Dieser gute Artikel ist eine kleine Aufmerksamkeit eines TAUBSTUMMEN. Geben Sie dafür, was Sie wollen. Danke für Ihre Hilfe.« Auf der anderen Seite der Fahne war das Taubstummenalphabet – LERNE, MIT DEINEN FREUNDEN ZU SPRECHEN – abgedruckt, das die Handhaltungen für jeden der sechsundzwanzig Buchstaben zeigte. Quinn griff in die Tasche und gab dem Mann einen Dollar.

Der Taubstumme nickte einmal kurz und ging weiter, und Quinn stand mit dem Kugelschreiber in der Hand da.

Es war nun fünf Uhr vorüber. Quinn fand, daß er an einem anderen Ort geschützter sei, und ging in den Wartesaal. Der war im allgemeinen ein häßlicher Raum voller Staub und Menschen, die nicht wussten, wohin, aber nun, auf dem Höhepunkt der Stoßzeit, war er von Männern und Frauen mit Handkoffern, Büchern und Zeitungen eingenommen worden. Quinn hatte Mühe, einen Platz zu bekommen. Nachdem er zwei oder drei Minuten gesucht hatte, fand er endlich einen Sitz auf einer der Bänke und quetschte sich zwischen einen Mann in einem blauen Anzug und eine plumpe, junge Frau. Der Mann las den Sportteil der *Times*, und Quinn warf einen Blick hinein, um den Bericht über die Niederlage der Mets am Vorabend zu lesen. Er kam bis zum dritten oder vierten Absatz, dann wandte sich der Mann langsam ihm zu, starrte ihn böse an und entfernte die Zeitung mit einem Ruck aus seinem Blickfeld.

Danach geschah etwas Seltsames. Quinn wandte seine Aufmerksamkeit der jungen Frau zur Rechten zu, um zu sehen, ob es in dieser Richtung irgendeinen Lesestoff gab. Er schätzte sie auf etwa zwanzig Jahre. Sie hatte mehrere Pickel auf ihrer linken Wange, die mit einer billigen blaßrosa Schminke überdeckt waren, und in ihrem Mund quietschte ein Stück Kaugummi. Sie las jedoch ein Buch, ein Taschenbuch mit einem grellbunten Umschlag, und Quinn lehnte sich ganz leicht nach rechts, um einen Blick auf den Titel zu erhaschen. Wider alle seine Erwartungen war es ein Buch, das er selbst geschrieben hatte – *Suicide Squeeze* von William Wilson, der erste der Max-Work-Romane. Quinn hatte sich diese Situation oft vorgestellt: das plötzliche unerwartete Vergnügen, einem seiner Leser zu begegnen. Er hatte sich sogar das Gespräch ausgemalt, das sich ergeben würde: Er verhält sich höflich, befangen, während der Fremde das Buch lobt, und willigt dann zögernd und mit großer Bescheidenheit ein, sein Autogramm auf das Titelblatt zu schreiben – »Da Sie darauf bestehen«. Aber nun, da die Szene wirklich stattfand, war er enttäuscht, ja verärgert. Er mochte das Mädchen nicht, das da neben ihm saß, und es kränkte ihn, daß sie so gleichgültig die Seiten überflog, die ihn soviel Mühe gekostet hatten. Am liebsten hätte er ihr das Buch aus der Hand gerissen und wäre damit durch den Bahnhof gelaufen.

Er betrachtete noch einmal ihr Gesicht, versuchte die Worte zu hören, die sich in ihrem Kopf bildeten, und beobachtete ihre Augen, die über die Seite hin und her gingen. Er mußte sie zu auffällig angestarrt haben, denn einen Augenblick später wandte sie sich ihm mit einer irritierten Miene zu und sagte: »Haben Sie ein Problem, Mister?«

Quinn lächelte schwach. »Kein Problem«, sagte er. »Ich fragte mich nur, ob Ihnen das Buch gefällt.«

Das Mädchen zuckte die Schultern. »Ich habe Besseres und ich habe Schlechteres gelesen.«

Quinn wollte damit das Gespräch beenden, aber etwas in ihm ließ nicht locker. Bevor er aufstehen und gehen konnte, kamen die Worte auch schon aus seinem Mund: »Finden Sie es spannend?«

Das Mädchen zuckte wieder die Schultern und kaute laut auf seinem Gummi. »Irgendwie schon. Da gibt es eine Stelle, wo sich der Detektiv verirrt, die ist ein bißchen unheimlich.«

»Ist der Detektiv schlau?«

»Ja, schlau ist er. Aber er redet zuviel.«

»Sie hätten gern mehr Handlung?«

»Ich denke, ja.«

»Warum lesen Sie weiter, wenn es Ihnen nicht gefällt?«

»Ich weiß nicht.« Das Mädchen zuckte noch einmal die Schultern. »Es vertreibt einem die Zeit, denke ich. Jedenfalls ist es keine große Sache. Eben nur ein Buch.«

Er wollte ihr schon sagen, wer er war, aber dann wurde ihm klar, daß das nichts ändern würde. Das Mädchen war ein hoffnungsloser Fall. Fünf Jahre lang hatte er William Wilsons Identität geheimgehalten, und er dachte nicht daran, sie jetzt preiszugeben, am wenigsten einer schwachsinnigen Fremden. Dennoch war es schmerzlich, und er rang verzweifelt mit seinem gekränkten Stolz. Anstatt das Mädchen ins Gesicht zu schlagen, stand er mit einem Ruck auf und ging.

Um achtzehn Uhr dreißig stellte er sich vor dem Ausgang 24 auf. Der Zug sollte pünktlich ankommen, und Quinn fand, daß er auf seinem Beobachtungsposten in der Mitte des Ausgangs eine gute Chance hatte, Stillman zu sehen. Er nahm das Foto aus der Tasche und studierte es wieder, wobei er besonders auf die Augen achtete. Er erinnerte sich, irgendwo gelesen zu haben, daß die Augen der Teil des Gesichtes sind, der sich nie verändert. Von der Kindheit bis ins hohe Alter bleiben sie gleich, und jemand, der den Blick dafür hat, könnte theoretisch in die Augen eines Jungen auf einem Foto sehen und dieselbe Person als alten Mann wiedererkennen. Quinn hatte seine Zweifel, aber das Foto war alles, woran er sich halten konnte, seine einzige Brücke zur Gegenwart. Doch wieder sagte ihm Stillmans Gesicht nichts.

Der Zug fuhr ein, und Quinn fühlte den Lärm durch seinen Körper schießen: ein zielloses, hektisches Getöse, das sich mit seinem Puls zu verbinden schien und sein Blut in rauhen Stößen pumpte. Dann füllte sich sein Kopf mit Peter Stillmans Stimme, ein Sperrfeuer von sinnlosen Wörtern, das gegen die Wände seines Schädels prasselte. Er ermahnte sich, ruhig zu bleiben, aber das half ihm wenig. Er war erregt, auch wenn er darauf in diesem Moment nicht gefaßt war.

Der Zug war gedrängt voll, und als die Fahrgäste den

Bahnsteig füllten und auf ihn zukamen, sah er einer Menschenmenge entgegen. Quinn schlug das rote Notizbuch nervös gegen seinen rechten Schenkel, stellte sich auf die Zehenspitzen und spähte in die Menge. Bald war er von Menschen umgeben. Männer kamen und Frauen, Kinder und alte Menschen, Teenager und Babies, reiche Leute, arme Leute, schwarze Männer und weiße Frauen, weiße Männer und schwarze Frauen, Asiaten und Araber, Männer in Braun und Grau und Blau und Grün, Frauen in Rot und Weiß und Gelb und Rosa. Kinder in Segeltuchschuhen, Kinder in Lederschuhen, Kinder in Cowboystiefeln, dicke Menschen und dünne Menschen, große Menschen und kleine Menschen, jeder anders als alle anderen, jeder unwandelbar er selbst. Quinn, der sich nicht von der Stelle rührte, beobachtete sie alle, so als wäre sein ganzes Wesen in die Augen gebannt. Jedesmal wenn ein älterer Mann nahte, machte er sich darauf gefaßt, Stillman zu sehen. Sie kamen und gingen zu rasch, als daß er sich der Enttäuschung hätte überlassen können, aber in jedem alten Gesicht schien er ein Vorzeichen des Aussehens des wirklichen Stillman zu finden, und er änderte rasch seine Erwartungen mit jedem neuen Gesicht, so als kündete die Anhäufung alter Männer das unmittelbar bevorstehende Kommen Stillmans an. Einen kurzen Augenblick dachte Quinn: So sieht also Detektivarbeit aus. Aber sonst dachte er nichts. Er beobachtete nur. Unbeweglich in der sich bewegenden Menge stand er da und beobachtete.

Als ungefähr die Hälfte der Reisenden an ihm vorbeigegangen war, erblickte Quinn Stillman zum erstenmal. Die Ähnlichkeit mit dem Foto schien unverkennbar zu sein. Nein, er war nicht kahl geworden, wie Quinn gedacht hatte. Sein Haar war weiß und ungekämmt und stand kreuz und quer in Büscheln in die Höhe. Er war groß, mager, ohne Frage über sechzig und ging ein wenig gebeugt. Er trug einen für die Jahreszeit unpassenden langen braunen Mantel, der schäbig geworden war, und er schlurfte ein wenig beim Gehen. Sein Gesichtsausdruck schien ruhig zu sein, halb benommen, halb gedankenverloren. Er hatte keinen Blick für die Dinge um ihn her, und sie schienen ihn auch nicht zu interessieren. Er trug nur ein Gepäckstück, einen einst schönen, nun aber abgenutzten Lederkoffer mit einem Riemen darum. Während er den Aufgang heraufkam, stellte er den Koffer ein- oder zweimal ab und ruhte einen Augenblick aus. Er schien sich mit Mühe zu bewegen, war ein wenig von der Menge verwirrt und wußte nicht, ob er mit ihr Schritt halten oder sich von den anderen überholen lassen sollte.

Quinn trat ein paar Meter zurück und bereitete sich darauf vor, rasch nach links oder rechts auszuweichen, je nachdem, was geschehen würde. Gleichzeitig wollte er weit genug entfernt sein, damit Stillman nicht bemerkte, daß er verfolgt wurde.

Als Stillman am Ausgang der Bahnhofshalle ankam, stellte er seinen Koffer wieder ab und ruhte sich aus. In diesem Augenblick erlaubte sich Quinn, einen Blick über den Rest der Menge schweifen zu lassen, um doppelt sicher zu sein, daß er keinem Irrtum erlegen war. Was dann geschah, entzog sich jeder Erklärung. Unmittelbar hinter Stillman, nur wenige Zoll hinter seiner rechten Schulter auftauchend, blieb ein anderer Mann stehen, nahm ein Feuerzeug aus der Tasche und zündete sich eine Zigarette an. Sein Gesicht glich dem Stillmans wie ein Zwilling dem anderen. Eine Sekunde lang dachte Quinn, es handle sich um ein Trugbild, eine Art Aura, die von den elektromagnetischen Strömungen in Stillmans Körper ausgestrahlt wurde. Aber nein, dieser andere Stillman bewegte sich, atmete, blinzelte, seine Handlungen waren offensichtlich vom ersten Stillman unabhängig. Der zweite Stillman sah wohlhabend aus. Er trug einen teuren blauen Anzug, seine Schuhe glänzten, sein weißes Haar war gekämmt, und seine Augen hatten den klugen Ausdruck eines Mannes von Welt. Auch er trug nur ein Gepäckstück: einen eleganten schwarzen Koffer, der etwa ebensogroß war wie der des anderen Stillman.

Quinn erstarrte. Er konnte nun nichts tun, was nicht ein Fehler war. Jede Wahl, die er traf – und wählen mußte er –, war rein willkürlich, eine Kapitulation vor dem Zufall. Die Ungewißheit würde ihn bis zuletzt verfolgen. In diesem Augenblick gingen beide Stillmans weiter. Der erste wandte sich nach rechts, der zweite nach links. Quinn wünschte sich sehnlichst, sich wie eine Amöbe teilen zu können, um in zwei Richtungen zugleich weiterzugehen. »Tu etwas«, sagte er sich. »Tu sofort etwas, du Idiot.«

Ohne besonderen Grund ging er nach links und folgte dem zweiten Stillman. Nach neun oder zehn Schritten blieb er stehen. Etwas sagte ihm, daß er ewig bedauern würde, was er soeben tat. Er handelte aus Trotz, er wollte den zweiten Stillman dafür bestrafen, daß er ihn verwirrte. Er machte kehrt und sah den ersten Stillman in der anderen Richtung davonschlurfen. Gewiß war dies sein Mann. Dieser heruntergekommene Mensch, der so gebrochen, so sehr von seiner Umgebung losgelöst war – das war gewiß der wahnsinnige Stillman. Quinn holte tief Luft und atmete mit zitternder Brust aus. Er konnte nichts mit Sicherheit wissen: dies nicht und nichts anderes. Er ging hinter dem ersten Stillman her, langsamer, um sich dem Schritt des alten Mannes anzupassen, und folgte ihm bis zur U-Bahn.

Es war nun beinahe neunzehn Uhr, und die Menschenmengen waren schon dünner geworden. Obwohl sich Stillman in einer Art Nebel zu bewegen schien, wußte er dennoch, wohin er wollte. Der Professor ging geradewegs auf die Treppe der U-Bahn zu, zahlte unten am Schalter und wartete ruhig auf dem Bahnsteig auf den Pendelzug zum Times Square. Quinn verlor allmählich seine Angst, entdeckt zu werden. Er hatte noch nie jemanden gesehen, der so sehr in seine eigenen Gedanken versunken war. Er bezweifelte, daß Stillman ihn sehen würde, wenn er sich direkt vor ihm aufstellte.

Sie fuhren mit dem Pendelzug zur West Side, gingen durch die dunklen Korridore der Station in der 42nd Street und eine weitere Treppe hinunter zu den IRT-Zügen. Sieben oder acht Minuten später stiegen sie in den Broadway-Express, fuhren zwei weit auseinanderliegende Stationen stadtauswärts und stiegen in der 96th Street aus. Langsam gingen sie die letzte Treppe hinauf, Stillman machte mehrere Pausen, um Atem zu schöpfen, dann traten sie in den indigoblauen Abend hinaus. Stillman zögerte nicht. Ohne stehenzubleiben, um sich zu orientieren, begann er den Broadway auf der Ostseite hinaufzugehen. Einige Minuten lang spielte Quinn mit der irrationalen Vorstellung, daß Stillman zu seinem, Quinns, Haus in der 107th Street ging. Aber bevor er in Panik geraten konnte, blieb Stillman an der Ecke der 99th Street stehen, wartete, bis das Licht von Rot zu Grün wechselte, und ging auf die andere Seite des Broadways hinüber. Auf halber Höhe des Blocks gab es eine schäbige kleine Herberge für heruntergekommene Existenzen, das Hotel Harmony. Quinn war schon oft daran vorbeigegangen und kannte die Weinsäufer und Vagabunden, die sich dort herumtrieben. Er war überrascht, als er sah, wie Stillman die Tür öffnete und in die Halle trat. Irgendwie hatte er angenommen, der alte Mann würde eine bequemere Unterkunft haben. Als Quinn aber vor der Tür mit den Glasscheiben stand und sah, wie der Professor an den Empfangstisch trat, etwas, was zweifellos sein Name war, in das Gästebuch schrieb, seinen Koffer nahm und im Fahrstuhl verschwand, wurde ihm klar, daß dies der Ort war, wo Stillman zu bleiben beabsichtigte.

Quinn wartete draußen noch zwei Stunden, er ging vor dem Häuserblock auf und ab und dachte, Stillman werde vielleicht noch einmal erscheinen, um in einem der Kaffeehäuser der Gegend zu Abend zu essen. Aber der alte Mann ließ sich nicht mehr sehen, und schließlich entschied Quinn, daß er schon schlafen gegangen sein mußte. Er rief aus einer Zelle Virginia Stillman an, berichtete ihr ausführlich, was geschehen war, und fuhr dann heimwärts zur 107th Street.

8

Am nächsten Morgen und an vielen folgenden Morgen bezog Quinn seinen Posten auf einer Bank in der Mitte der Verkehrsinsel Broadway/99th Street. Er kam früh an, nie später als um sieben Uhr, und saß dort mit einem Papierbecher voll Kaffee, einem Butterbrötchen und einer Zeitung, die offen auf seinem Schoß lag, und beobachtete die Glastür des Hotels. Stillman kam gewöhnlich um acht Uhr, immer in seinem langen braunen Mantel und mit einer altmodischen Reisetasche. Tagelang änderte sich nichts an dieser Routine. Der alte Mann wanderte durch die Straßen des Viertels, er kam nur langsam voran, hielt manchmal kaum merklich inne, ging weiter, machte wieder eine Pause, so als müßte jeder Schritt gewogen und gemessen werden, bevor er seinen Platz in der Gesamtheit der Schritte einnehmen konnte. Quinn fiel es schwer, sich so zu bewegen. Er war es gewohnt, rasch auszuschreiten, und dieses ständige Gehen, Stehenbleiben und Schlurfen begann ihn zu quälen, so als wäre der Rhythmus seines Körpers gestört. Er war der Hase, der den Igel verfolgte, und immer wieder mußte er sich ermahnen zurückzubleiben.

Was Stillman auf diesen Gängen tat, blieb für Quinn ein Geheimnis. Er konnte natürlich mit eigenen Augen sehen, was geschah, und er zeichnete auch alles pflichtbewußt in seinem Notizbuch auf. Aber die Bedeutung von alldem entging ihm. Stillman schien niemals irgendwohin zu gehen, und er schien auch nicht zu wissen, wo er war. Dennoch hielt er sich wie mit voll bewußter Absicht an ein eng umgrenztes Gebiet zwischen der 110th Street im Norden, der 72nd Street im Süden, dem Riverside Park im Westen und der Amsterdam Avenue im Osten. So zufällig seine Wanderungen auch zu sein schienen – er schlug jeden Tag eine andere Route ein –, Stillman überschritt nie diese Grenzen. Eine solche Präzision verblüffte Quinn, denn in jeder anderen Hinsicht schien Stillman kein Ziel zu haben.

Während er ging, blickte Stillman nicht auf. Seine Augen waren ununterbrochen auf das Pflaster geheftet, so als suchte er etwas. Tatsächlich bückte er sich auch dann und wann, hob etwas vom Boden auf, prüfte es genau, drehte es in der Hand hin und her. Quinn mußte an einen Archäologen denken, der an einer prähistorischen Ruinenstätte eine Scherbe untersucht. Gelegentlich warf Stillman einen Gegenstand, nachdem er ihn auf diese Weise gründlich betrachtet hatte, wieder auf den Gehsteig zurück, aber meistens öffnete er seine Reisetasche und legte das Objekt behutsam hinein. Dann griff er in eine seiner Manteltaschen, holte ein rotes Notizbuch hervor – das dem Quinns ähnlich, aber kleiner war – und schrieb darin ein oder zwei Minuten lang mit großer Konzentration. Wenn er diese Prozedur beendet hatte, steckte er das Notizbuch wieder in die Tasche, nahm seine Reisetasche und setzte seinen Weg fort.

Soweit Quinn es beurteilen konnte, waren die Gegenstände, die Stillman sammelte, wertlos. Sie schienen nichts weiter zu sein als zerbrochene, weggeworfene Dinge, zufällig herumliegender Abfall. Im Laufe der Tage, die auf diese Weise vergingen, notierte Quinn das Gestell eines Regenschirms ohne Bespannung, den abgetrennten Kopf einer Gummipuppe, einen schwarzen Handschuh, den Sokkel einer zerbrochenen Glühbirne, mehrere Stück von bedrucktem Material (durchnässte Illustrierte, zerfetzte Zeitungen), ein zerrissenes Foto, unbekannte Maschinenteile und allerlei anderes Treibgut, das Quinn nicht zu identifizieren vermochte. Die Tatsache, daß Stillman diese Lumpensammelei ernst nahm, erstaunte Quinn, aber er konnte nicht mehr tun als beobachten, in sein rotes Notizbuch eintragen, was er sah, unwissend an der Oberfläche der Dinge hängenbleiben. Gleichzeitig freute es ihn, daß Stillman auch ein rotes Notizbuch hatte, so als wäre das ein heimliches Band zwischen ihnen. Quinn hegte die Vermutung, daß Stillmans rotes Notizbuch Antworten auf die Fragen enthielt, die sich in seinem Geist angesammelt hatten, und er begann verschiedene Pläne zu entwerfen, wie er es dem alten Mann stehlen könnte. Doch die Zeit war noch nicht reif für einen solchen Schritt.

Abgesehen davon, daß er Dinge von der Straße aufhob, schien Stillman nichts zu tun. Ab und zu machte er irgendwo halt, um zu essen. Gelegentlich rannte er gegen einen Passanten und murmelte eine Entschuldigung. Einmal wurde er beinahe von einem Auto überfahren, als er eine Straße überquerte. Stillman sprach mit niemandem, er ging in keine Geschäfte, er lächelte nicht. Er schien weder glücklich noch traurig zu sein. Zweimal, als seine Abfallausbeute besonders groß war, kehrte er mitten am Tag ins Hotel zurück und erschien einige Minuten später wieder mit der leeren Tasche.

An den meisten Tagen verbrachte er einige Stunden im Riverside Park. Er ging methodisch die geschotterten Wege entlang oder schlug sich mit einem Stock durch die Büsche. Seine Suche nach Gegenständen ließ im Grünen nicht nach. Steine, Blätter, Zweige – alles fand seinen Weg in die Tasche. Einmal beobachtete Quinn, wie er sich nach einem Stück trockenen Hundekots bückte, bedächtig daran schnupperte und es behielt. Im Park ruhte sich Stillman auch aus. Am Nachmittag, oft nach dem Mittagessen, saß er auf einer Bank und starrte auf den Hudson hinaus. Einmal, an einem besonders warmen Tag, sah ihn Quinn

81

im Gras ausgestreckt schlafen. Wenn es dunkel wurde, aß Stillman gewöhnlich im Apollo Coffee Shop an der Kreuzung 97th Street und Broadway und kehrte dann für die Nacht in sein Hotel zurück. Nicht ein einziges Mal versuchte er, Verbindung mit seinem Sohn aufzunehmen. Das bestätigte auch Virginia Stillman, die Quinn jeden Abend anrief, wenn er wieder zu Hause war.

Das wichtigste war, das Interesse nicht zu verlieren. Nach und nach fühlte sich Quinn seinen ursprünglichen Absichten entfremdet, und er fragte sich nun, ob er sich nicht auf ein sinnloses Unterfangen eingelassen hatte. Es war natürlich möglich, daß Stillman nur seine Zeit abwartete und alle in Sicherheit wiegte, bevor er zuschlug. Das hieße jedoch, daß er sich beobachtet wusste, was Quinn für unwahrscheinlich hielt. Er hatte seine Arbeit bisher gut gemacht, immer einen diskreten Abstand zu dem alten Mann eingehalten, sich in den Straßenverkehr gemischt, weder die Aufmerksamkeit auf sich gelenkt noch drastische Maßnahmen ergriffen, um unentdeckt zu bleiben. Andererseits hatte Stillman vielleicht die ganze Zeit – und schon im voraus – gewußt, daß man ihn beobachtete, und sich daher nicht die Mühe gemacht festzustellen, wer der Beobachter war. Was für eine Rolle spielte das, wenn feststand, daß er verfolgt wurde? Ein Verfolger, den man entdeckte, konnte jederzeit durch einen anderen ersetzt werden.

Diese Darstellung des Sachverhalts tröstete Quinn, und er beschloß, an sie zu glauben, wenn er auch keinen Grund dafür hatte. Entweder wusste Stillman, was er tat, oder er wusste es nicht. Und wenn er es nicht wußte, erreichte Quinn gar nichts und vergeudete nur seine Zeit. Viel besser war es zu glauben, daß alle seine Schritte tatsächlich einem Zweck dienten. Wenn diese Deutung ein Wissen auf seiten Stillmans voraussetzte, wollte Quinn dieses Wissen als Glaubensartikel annehmen, wenigstens fürs erste.

Blieb das Problem, womit er seine Gedanken beschäftigen sollte, während er dem alten Mann folgte. Quinn war es gewohnt zu gehen. Seine Wanderungen durch die Stadt hatten ihn gelehrt, die Verbundenheit von Innerem und Äußerem zu verstehen. Indem er die ziellose Bewegung als Umkehrtechnik anwandte, konnte er an seinen besten Tagen das Äußere nach innen bringen und so die Souveränität der Innerlichkeit gewinnen. Indem er sich mit Äußerlichkeiten überflutete und sich aus sich selbst herausschwemmte, war es ihm gelungen, einen kleinen Grad von Kontrolle über seine Anfälle von Verzweiflung auszuüben. Wandern war daher eine Art von Geistesleere. Aber die Verfolgung Stillmans war kein Wandern. Stillman konnte wandern, er konnte wie ein Blinder von einer Stelle zur anderen taumeln, aber dieses Privileg war Quinn versagt. Denn er mußte sich auf das konzentrieren, was er tat, auch wenn das so gut wie nichts war. Immer wieder begannen seine Gedanken abzuschweifen, und bald darauf paßten sich seine Schritte dem an. Das bedeutete, daß er ständig Gefahr lief, seinen Gang zu beschleunigen und Stillman von hinten anzurempeln. Um sich vor diesem Mißgeschick zu hüten, dachte er sich mehrere Methoden der Verlangsamung aus. Die erste bestand darin, sich zu sagen, daß er nicht mehr Daniel Quinn war. Er war nun Paul Auster, und mit jedem Schritt, den er machte, versuchte er, sich bequemer in die Verengungen dieser Verwandlung einzupassen. Auster war nicht mehr als ein Name für ihn, eine Hülle ohne Inhalt. Auster zu sein bedeutete, ein Mann ohne Inneres, ein Mann ohne Gedanken zu sein. Und wenn ihm keine Gedanken zu Gebote standen, wenn sein eigenes Innenleben unzugänglich geworden war, gab es für ihn keinen Ort mehr, an den er sich zurückziehen konnte. Als Auster konnte er keine Erinnerungen oder Ängste, Träume oder Freuden heraufbeschwören, denn all das war, da es Auster gehörte, für ihn nicht vorhanden. Folglich mußte er ganz an seiner Oberfläche bleiben und nach außen blicken, um eine Stütze zu finden. Seine Augen stets auf Stillman zu richten, war daher nicht nur eine Ablenkung von seinen Gedankengängen – es war der einzige Gedanke, den er sich gestattete.

Ein oder zwei Tage lang war diese Taktik leidlich erfolgreich, aber schließlich begann auch Auster unter der Monotonie zu leiden. Quinn erkannte, daß er mehr brauchte, um sich zu beschäftigen, eine kleine Aufgabe, die ihn begleitete, während er seiner Arbeit nachging. Zuletzt bot ihm das rote Notizbuch die Rettung. Anstatt nur einige beiläufige Bemerkungen zu notieren, wie er es während der ersten Tage getan hatte, beschloß er, jede nur erdenkliche Einzelheit über Stillman aufzuzeichnen. Er benutzte den Kugelschreiber, den er von dem Taubstummen gekauft hatte, und ging mit Eifer an die Arbeit. Er beobachtete nicht nur jede Geste Stillmans, beschrieb jeden Gegenstand, den er für seine Tasche auswählte oder verwarf, und notierte den genauen Zeitpunkt jedes Ereignisses, sondern zeichnete auch mit peinlicher Sorgfalt einen genauen Plan der Exkurse Stillmans auf und vermerkte jede Straße, der er folgte, jede Wendung, die er machte, und jede Pause, die eintrat. Das rote Notizbuch beschäftigte Quinn nicht nur, es verlangsamte auch sein Tempo. Die Gefahr, Stillman zu überholen, bestand nicht mehr. Das Problem war vielmehr, mit ihm Schritt zu halten, um sicherzugehen, daß er nicht verschwand. Denn Gehen und Schreiben waren zwei Tätigkeiten, die sich nicht leicht miteinander vereinbaren ließen. Wenn Quinn in den letzten fünf Jahren seine Tage damit verbracht hatte, entweder das eine oder das andere zu tun, so versuchte er nun beides zugleich. Anfangs machte er viele Fehler. Besonders schwierig war es zu schreiben, ohne auf das Blatt zu sehen, und er stellte oft fest, daß er zwei oder sogar drei Zeilen übereinander geschrieben und einen verworrenen, unlesbaren Palimpsest produziert hatte. Auf das

Blatt zu sehen bedeutete jedoch stehenzubleiben, und damit erhöhte sich die Gefahr, Stillman zu verlieren. Nach einer Weile fand er heraus, daß es im Grunde darum ging, wie er den Block hielt. Er experimentierte mit dem Notizbuch in einem Winkel von fünfundvierzig Grad, aber dabei ermüdete sein linkes Handgelenk zu rasch. Danach versuchte er, das Notizbuch direkt vor sein Gesicht zu halten und über den Rand zu spähen wie ein lebendig gewordener Kilroy, doch das erwies sich als unpraktisch. Als nächstes probierte er, das Notizbuch mehrere Zoll über dem Ellbogengelenk auf dem rechten Arm aufzustützen und den Rücken des Buches mit der linken Handfläche zu halten. Aber dabei verkrampfte sich die Schreibhand, und es war unmöglich, auf der unteren Hälfte der Seite zu schreiben. Zuletzt beschloß er, das Notizbuch gegen die linke Hüfte zu halten, etwa wie ein Maler seine Palette hält. Das ging besser. Das Tragen war nicht mehr so anstrengend, und er hatte die rechte Hand zum Schreiben frei. Obwohl auch diese Methode ihre Nachteile hatte, schien sie auf die Dauer doch die bequemste zu sein. Denn Quinn war nun imstande, seine Aufmerksamkeit zu beinahe gleichen Teilen Stillman und dem Schreiben zuzuwenden, indem er bald auf den Mann, bald auf das Blatt blickte und Sehen und Schreiben in derselben fließenden Bewegung vereinte. Mit dem Kugelschreiber des Taubstummen in der rechten Hand und dem Notizbuch an der linken Hüfte folgte Quinn Stillman weitere neun Tage lang.

Seine abendlichen Gespräche mit Virginia Stillman waren kurz. Obwohl der Kuß noch sehr lebendig in Quinns Erinnerung war, hatte es keine weiteren romantischen Entwicklungen gegeben. Anfangs hatte Quinn erwartet, daß etwas geschehe. Nach einem so verheißungsvollen Beginn hatte er das sichere Gefühl, daß er schließlich Mrs. Stillman in den Armen halten werde. Aber seine Auftraggeberin hatte sich rasch hinter die Maske des Geschäftlichen zurückgezogen und nicht ein einziges Mal mehr auf diesen Augenblick der Leidenschaft angespielt. Vielleicht hatte sich Quinn von seinen Hoffnungen irreleiten lassen, weil er sich eine Zeitlang mit Max Work verwechselte, der es nie versäumte, von solchen Situationen zu profitieren. Oder vielleicht begann Quinn einfach seine Einsamkeit heftiger zu spüren. Es war lange her, seitdem zum letztenmal ein warmer Körper an seiner Seite gelegen war, und Tatsache war, daß er in dem Augenblick begonnen hatte, Virginia Stillman zu begehren, in dem er sie sah, lange bevor es zu dem Kuss gekommen war. Daß sie ihn zur Zeit nicht ermutigte, hinderte ihn nicht daran, sie sich immer noch nackt vorzustellen. Laszive Bilder gingen ihm jeden Abend durch den Kopf, und obwohl die Chance, daß sie Wirklichkeit werden könnten, nur gering zu sein schien, blieben sie doch eine angenehme Ablenkung. Viel später, lange nachdem es zu spät war, wurde ihm bewußt, daß er tief im Innersten die chevalereske Hoffnung gehegt hatte, den Fall so brillant zu lösen und Peter Stillman so rasch und endgültig aus jeder Gefahr zu befreien, daß er Mrs. Stillmans leidenschaftliche Zuneigung gewinnen würde, solange er sie haben wollte. Das war natürlich ein Fehler. Aber unter den Fehlern, die Quinn vom Anfang bis zum Ende machte, war er nicht schlimmer als irgendein anderer.

Es war der dreizehnte Tag seit dem Beginn der Jagd. Quinn kehrte an diesem Abend verstimmt nach Hause zurück. Er war entmutigt, bereit aufzugeben. Trotz der Spiele, die er mit sich selbst gespielt hatte, trotz der Geschichten, die er erfunden hatte, um sich bei Laune zu halten, schien der Fall keine Substanz zu haben. Stillman war ein verrückter alter Mann, der seinen Sohn vergessen hatte. Er konnte ihm folgen bis ans Ende der Zeiten, und nichts würde geschehen. Quinn nahm den Hörer ab und wählte die Nummer der Stillmans.

»Ich bin nahe daran aufzugeben«, sagte er zu Virginia Stillman. »Nach allem, was ich gesehen habe, besteht keine Gefahr für Peter.«

»Eben das möchte er uns glauben machen«, antwortete die Frau. »Sie haben keine Ahnung, wie durchtrieben er ist. Und wie geduldig.«

»Er mag geduldig sein, aber ich bin es nicht. Ich glaube, Sie verschwenden Ihr Geld. Und ich verschwende meine Zeit.«

»Sind Sie sicher, daß er Sie nicht gesehen hat? Das könnte von entscheidender Bedeutung sein.«

»Ich würde nicht um mein Leben wetten, aber – ja, ich bin sicher.«

»Was meinen Sie also?«

»Ich meine, Sie brauchen sich keine Sorgen zu machen. Wenigstens jetzt nicht. Wenn später etwas passiert, setzen Sie sich mit mir in Verbindung. Ich komme beim ersten Anzeichen von Gefahr gelaufen.«

Nach einer Pause sagte Virginia Stillman: »Sie könnten recht haben«, dann, nach einer weiteren Pause, »aber um mich ein wenig zu beruhigen: Ich frage mich, ob wir nicht einen Kompromiß schließen könnten.«

»Kommt darauf an, was Sie sich vorstellen.«

»Nur das: Geben Sie noch ein paar Tage dazu. Um absolut sicherzugehen.«

»Unter einer Bedingung«, sagte Quinn. »Sie müssen mich auf meine Weise arbeiten lassen. Keine Einschränkungen mehr. Ich muß mit ihm sprechen, ihn fragen dürfen, um der Sache ein für allemal auf den Grund zu gehen.«

»Wäre das nicht riskant?«

»Sie brauchen sich keine Gedanken zu machen. Ich werde uns nicht verraten. Er wird nicht einmal ahnen, wer ich bin oder was ich vorhabe.«

»Wie wollen Sie das fertigbringen?«

»Das ist mein Problem. Ich habe allerlei Tricks im Ärmel. Sie müssen mir nur vertrauen.«

»Gut, ich bin einverstanden. Ich nehme an, es kann nicht schaden.«

»Ich mache also noch ein paar Tage weiter, dann werden wir sehen, wo wir stehen.«

»Mr. Auster?«

»Ja?«

»Ich bin Ihnen sehr dankbar. Peter war in den letzten beiden Wochen in so guter Verfassung, und ich weiß, das ist Ihr Verdienst. Er spricht ständig von Ihnen. Sie sind für ihn ... ich weiß nicht ... so etwas wie ein Held.«

»Und was empfindet Mrs. Stillman?«

»So ziemlich das gleiche.«

»Es tut gut, das zu hören. Vielleicht erlaubt sie mir eines Tages, ihr dankbar zu sein.«

»Alles ist möglich, Mr. Auster. Daran sollten Sie denken.«

»Das werde ich auch. Ich wäre ein Narr, nicht daran zu denken.«

Quinn machte sich ein leichtes Abendessen aus Rührei und Toast, trank eine Flasche Bier und setzte sich dann mit dem roten Notizbuch an den Schreibtisch. Er hatte nun seit vielen Tagen darin geschrieben und Seite um Seite mit einer unregelmäßigen, engen Schrift gefüllt, aber er hatte noch nicht den Mut gehabt zu lesen, was er geschrieben hatte. Nun, da das Ende in Sicht zu sein schien, dachte er, er könnte einen Blick riskieren.

Vieles war sehr schwer zu lesen, vor allem auf den ersten Seiten, und wenn es ihm gelang, die Wörter zu entziffern, schien es ihm nicht der Mühe wert gewesen zu sein. »Hebt in der Mitte des Häuserblocks Bleistift auf. Untersucht, zögert, steckt in die Tasche ... Kauft Sandwich in Delik. Laden ... Sitzt auf Bank im Park und liest in rotem Notizbuch.« Diese Sätze erschienen ihm völlig wertlos.

Alles war eine Frage der Methode. Wenn es das Ziel war, Stillman zu verstehen, ihn gut genug kennenzulernen, um voraussehen zu können, was er als nächstes tun würde, hatte Quinn versagt. Er hatte mit einer beschränkten Anzahl von Fakten begonnen: Stillmans Herkunft und Beruf, die Gefangenschaft seines Sohnes, seine Festnahme und Einweisung in eine Anstalt, ein Buch von absonderlicher Gelehrsamkeit, geschrieben, als man ihn noch für geistig gesund hielt, und vor allem Virginia Stillmans Überzeugung, daß er nun versuchen würde, seinem Sohn etwas anzutun. Aber die Fakten der Vergangenheit schienen nichts mit den Fakten der Gegenwart zu tun zu haben. Quinn war tief enttäuscht. Er hatte sich immer vorgestellt, der Schlüssel zu guter Detektivarbeit sei die genaue Beobachtung der Details. Je gründlicher die Untersuchung, desto größer der Erfolg. Voraussetzung war, daß menschliches Verhalten verstanden werden konnte, daß sich hinter der endlosen Fassade von Gesten, Ticks und Schweigen schließlich ein Zusammenhang, eine Ordnung, eine Motivation verbarg. Aber nachdem er sich bemüht hatte, alle diese Oberflächenerscheinungen zu erfassen, fühlte sich Quinn Stillman nicht näher als an dem Tag, an dem er begonnen hatte, ihn zu verfolgen. Er hatte Stillmans Leben gelebt, war in seinem Tempo gegangen, hatte gesehen, was er gesehen hatte, und das einzige, was er nun spürte, war die Undurchdringlichkeit des Mannes. Anstatt den Abstand zwischen ihm und Stillman zu verringern, hatte er zugesehen, wie ihm der alte Mann immer mehr entglitt, während er ihn vor Augen hatte.

Aus keinem besonderen Grund, der ihm bewußt war, schlug Quinn eine leere Seite des roten Notizbuchs auf und skizzierte eine kleine Karte des Gebietes, in dem Stillman umhergegangen war.

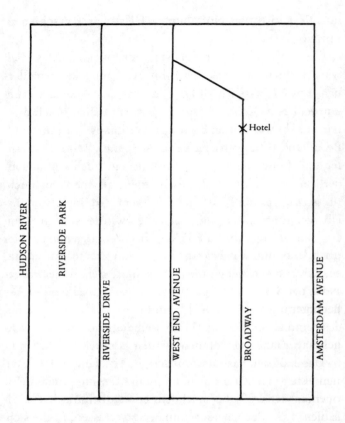

Dann begann er, während er sorgfältig seine Aufzeichnungen prüfte, mit seinem Kugelschreiber den Weg nachzuzeichnen, den Stillman an einem einzigen Tag – am ersten Tag, an dem er die Wanderung des alten Mannes notiert hatte – gegangen war. Das Ergebnis sah so aus:

Quinn fiel auf, daß sich Stillman immer an den Rand dieses Gebietes gehalten und sich nicht ein einziges Mal in Richtung der Mitte bewegt hatte. Die Zeichnung sah ein wenig wie die Karte eines imaginären Staates im Mittelwesten aus. Abgesehen von den elf Häuserblocks längs des Broadways am Anfang und der Reihe von Schnörkeln, die Stillmans Mäander durch den Riverside Park darstellten,

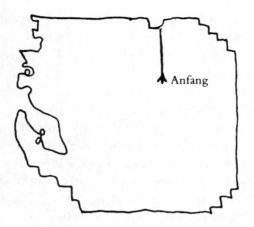

glich das Bild auch einem Rechteck. Andererseits konnte es mit Rücksicht auf die rechteckige Anlage der Straßen New Yorks auch als eine Null oder als der Buchstabe »O« gedeutet werden.

Quinn ging weiter zum nächsten Tag, um zu sehen, was geschah. Das Ergebnis sah keineswegs gleich aus.

Das Bild erinnerte Quinn an einen Vogel, vielleicht einen Raubvogel mit ausgebreiteten Schwingen, der hoch oben in der Luft schwebte. Einen Augenblick später erschien ihm diese Deutung zu weit hergeholt. Der Vogel

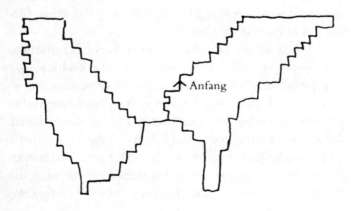

verschwand, und an seiner Stelle blieben nur zwei abstrakte Formen übrig, verbunden durch einen kleinen Steg, den Stillman gebildet hatte, indem er in der 83rd Street nach Westen gegangen war. Quinn hielt einen Augenblick inne, um darüber nachzudenken, was er da tat. Schrieb er Unsinn nieder? Vertrödelte er schwachsinnig den Abend, oder versuchte er, etwas zu finden? Jede Antwort, erkannte er, war unannehmbar. Warum, wenn er lediglich die Zeit totschlug, hatte er sich eine so mühsame Methode dafür ausgesucht? War er so verwirrt, daß er nicht mehr den Mut aufbrachte zu denken? Andererseits, was hatte er tatsächlich vor, wenn er sich nicht nur zerstreuen wollte? Es schien ihm, daß er nach einem Zeichen suchte. Er durchsuchte das Chaos der Bewegungen Stillmans nach einem Ansatz von zwingender Notwendigkeit. Das setzte eines voraus: daß er noch immer nicht an die bloße Willkürlichkeit der Handlungen Stillmans glaubte. Er wollte, daß sie einen Sinn hatten, so dunkel er auch sein mochte. Das war an sich unannehmbar. Denn es bedeutete, daß Quinn sich gestattete, die Tatsachen zu leugnen, und das war, wie er sehr wohl wußte, das Schlimmste, was ein Detektiv tun konnte.

Dennoch beschloss er weiterzumachen. Es war noch nicht spät, noch nicht einmal elf Uhr, und im Grunde konnte es nicht schaden. Die dritte Karte hatte keine Ähnlichkeit mit den beiden anderen.

Was sich aus all dem ergab, schien außer Frage zu stehen. Wenn er von den Schnörkeln im Park absah, hatte Quinn zweifellos den Buchstaben »E« vor sich. Nahm man an, daß die erste Zeichnung den Buchstaben »O« darstellte, so schien es auch legitim zu sein anzunehmen, daß die Vogelschwingen der zweiten den Buchstaben »W« bildeten. Quinn war jedoch noch nicht bereit, Schlüsse zu ziehen. Er hatte seine genaue Untersuchung erst am fünften Tag der Wanderungen Stillmans begonnen, und die

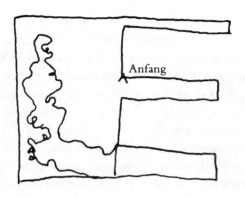

ersten vier Buchstaben konnte man nur erraten. Er bedauerte, nicht früher angefangen zu haben, denn er wußte nun, daß das Geheimnis dieser vier Tage unwiederbringlich verloren war. Aber vielleicht konnte er die Versäumnisse der Vergangenheit wiedergutmachen, indem er weiter vorstieß. Wenn er am Ende ankam, konnte er vielleicht den Anfang erahnen.

Die Zeichnung des nächsten Tages schien eine Form zu ergeben, die dem Buchstaben »R« ähnelte. Wie die anderen war sie ein wenig schwer zu erkennen durch zahllose Unregelmäßigkeiten, kleine Abweichungen und schmükkende Schnörkel im Park. Quinn, der sich noch an einen Anschein von Objektivität klammerte, versuchte sie so zu betrachten, als hätte er nicht einen Buchstaben des Alphabets erwartet. Er mußte zugeben, daß nichts sicher war: alles konnte ganz bedeutungslos sein. Vielleicht suchte er Bilder in den Wolken, wie er es als kleiner Junge getan hatte. Dennoch, die Übereinstimmung war zu auffällig. Wenn eine Zeichnung einem Buchstaben geähnelt hätte, vielleicht zwei, hätte er es als eine Laune des Zufalls abtun können. Aber vier hintereinander, das war zuviel.

Der nächste Tag lieferte ihm ein schiefes »O«, einen auf einer Seite eingedrückten Kringel mit drei oder vier Zakken, die auf der anderen Seite hinausstanden. Dann kam ein sauberes »F« mit den üblichen Rokokoschnörkeln auf der Seite. Danach zeigte sich ein »B«, das aussah wie zwei nachlässig aufeinandergestellte Kisten, über deren Ränder die Holzwolle der Verpackung quoll. Darauf folgte ein wackeliges »A«, das ein wenig einer Stehleiter mit Tritten auf beiden Seiten glich. Und schließlich kam ein zweites »B«, gefährlich schräg auf einen einzigen Punkt gestellt, wie eine auf dem Kopf stehende Pyramide.

Quinn schrieb die Buchstaben der Reihe nach auf: OWEROFBAB. Nachdem er eine Viertelstunde mit ihnen herumgespielt, sie immer wieder auseinandergerissen und in anderer Reihenfolge zusammengestellt hatte, kehrte er zu der ursprünglichen Anordnung zurück und schrieb sie so: OWER OF BAB. Die Lösung erschien ihm so grotesk, daß ihn beinahe die Nerven im Stich ließen. Auch wenn man berücksichtigte, daß er die ersten vier Tage versäumt hatte und daß Stillman noch nicht fertig war, schien die Antwort unausweichlich »Der Turm zu Babel« zu lauten: THE TOWER OF BABEL.

Quinns Gedanken schweiften einen Augenblick ab zu den letzten Seiten von *A. Gordon Pym* und der Entdeckung der seltsamen Hieroglyphen auf der inneren Wand der Schlucht – Buchstaben, die in die Erde selbst eingeschrieben waren, als versuchten sie etwas zu sagen, was nicht mehr verstanden werden konnte. Aber wenn man länger darüber nachdachte, schien dieser Vergleich nicht zuzutreffen. Denn Stillman hatte seine Botschaft nirgends hinterlassen. Zwar hatte er die Buchstaben durch die Bewegung seiner Schritte geformt, aber sie waren nicht niedergeschrieben worden. Es war so, als zeichnete man mit dem Finger ein Bild in die Luft. Das Bild vergeht, während man es schafft. Es gibt kein Ergebnis, keine Spur, die zeigt, was man gemacht hat.

Und doch existieren Bilder – nicht auf den Straßen, wo sie gezeichnet worden waren, wohl aber in Quinns rotem

Notizbuch. Er fragte sich, ob sich Stillman jeden Abend in seinem Zimmer hingesetzt und seine Route für den nächsten Tag entworfen oder ob er beim Gehen improvisiert hatte. Unmöglich, es zu wissen. Er fragte sich auch, welchem Zweck dieses Schreiben in Stillmans Vorstellung diente. War es nur eine Art von Notiz, die er für sich selbst machte, oder war es als Botschaft für andere gedacht? Zumindest, folgerte Quinn, bedeutete es, daß Stillman Henry Dark nicht vergessen hatte.

Quinn wollte nicht die Nerven verlieren. In dem Bemühen, seine Gefühle zu bezähmen, versuchte er, sich alles in einem möglichst schlechten Licht vorzustellen. Wenn er das Schlimmste voraussah, würde es vielleicht nicht so schlimm kommen, wie er dachte. Er argumentierte folgendermaßen. Erstens: Stillman führte tatsächlich etwas gegen Peter im Schilde. Antwort: Das war in jedem Fall die Prämisse gewesen. Zweitens: Stillman hatte gewußt, daß man ihn verfolgen werde, er hatte gewußt, daß man seine Schritte aufzeichnen und schließlich seine Botschaft entziffern werde. Antwort: Das änderte nichts an der wesentlichen Tatsache, daß Peter beschützt werden mußte. Drittens: Stillman war bei weitem gefährlicher, als man sich ursprünglich vorgestellt hatte. Antwort: Das bedeutete nicht, daß er ungeschoren davonkommen konnte.

Das half ein wenig. Aber die Buchstaben entsetzten Quinn noch immer. Das Ganze war so verschlagen, so teuflisch in seinen Umständlichkeiten, daß er es nicht akzeptieren mochte. Dann kamen wie auf Befehl die Zweifel und füllten seinen Kopf mit spöttischen, eintönigen Stimmen. Er hatte sich das Ganze nur eingebildet. Die Buchstaben waren gar keine Buchstaben. Er hatte sie nur gesehen, weil er sie sehen wollte. Und selbst wenn die Zeichnungen Buchstaben darstellten, so war das reiner Zufall. Stillman hatte nichts damit zu tun. Alles war nichts als Zufall, ein Streich, den er sich selber gespielt hatte.

Er beschloß, zu Bett zu gehen, schlief tief und fest, wachte auf, schrieb eine halbe Stunde in seinem roten Notizbuch, legte sich wieder ins Bett. Sein letzter Gedanke vor dem Einschlafen war, daß er wahrscheinlich noch zwei Tage Zeit hatte, denn Stillman hatte seine Botschaft noch nicht beendet. Die letzten beiden Buchstaben fehlten noch – das »E« und das »L«. Quinns Gedanken irrten ab. Er geriet in ein Niemandsland von Fragmenten, an einen Ort von wortlosen Dingen und dinglosen Worten. Dann, als er sich ein letztes Mal aus seiner Trägheit aufraffte, sagte er sich, daß EL das alte hebräische Wort für Gott war.

In seinem Traum, den er später vergaß, befand er sich auf der städtischen Müllhalde seiner Kindheit und siebte einen Berg von Abfällen durch.

9

Die erste Begegnung mit Stillman fand im Riverside Park statt. Es war mitten am Nachmittag, an einem Samstag voller Fahrräder, Menschen, die ihre Hunde spazieren führten, und Kinder. Stillman saß allein auf einer Bank, starrte auf nichts im besonderen und hatte das kleine rote Notizbuch auf dem Schoß liegen. Überall war Licht, ein ungeheures Licht, das von allem auszustrahlen schien, was das Auge erblickte, und oben in den Zweigen der Bäume wehte eine Brise und schüttelte die Blätter mit einem heftigen Rauschen, einem Steigen und Fallen, das stetig wie eine Brandung atmete.

Quinn hatte seine Schritte sorgfältig geplant. Er tat, als bemerkte er Stillman nicht, setzte sich neben ihn auf die Bank, verschränkte die Arme vor der Brust und starrte in dieselbe Richtung wie der alte Mann. Keiner von beiden sprach. Nach seinen späteren Berechnungen schätzte Quinn, daß das etwa fünfzehn oder zwanzig Minuten dauerte. Dann wandte er unversehens den Kopf dem alten Mann zu und sah ihn offen an, heftete seine Augen hartnäckig auf das runzelige Profil. Quinn konzentrierte seine ganze Kraft in seinen Augen, so als könnten sie ein Loch in Stillmans Schädel brennen. Dieses Starren dauerte fünf Minuten.

Endlich wandte sich Stillman ihm zu. Mit einer überraschend sanften Tenorstimme sagte er: »Es tut mir leid, aber es wird mir nicht möglich sein, mit Ihnen zu sprechen.«

»Ich habe nichts gesagt«, antwortete Quinn.

»Das stimmt«, sagte Stillman. »Aber Sie müssen verstehen, daß es nicht meine Gewohnheit ist, mit Fremden zu sprechen.«

»Ich wiederhole«, sagte Quinn, »daß ich nichts gesagt habe.«

»Ja, ich habe Sie schon beim erstenmal verstanden. Aber interessiert es Sie nicht zu erfahren, warum?«

»Ich fürchte, nein.«

»Gut gesagt. Ich sehe, Sie sind ein Mann von Verstand.«

Quinn zuckte die Schultern und weigerte sich zu antworten. Seine ganze Haltung strahlte Gleichgültigkeit aus.

Stillman lächelte fröhlich, lehnte sich zu Quinn hinüber und sagte mit Verschwörermiene: »Ich denke, wir werden gut miteinander auskommen.«

»Das wird sich zeigen«, sagte Quinn nach einer langen Pause.

Stillman lachte – ein kurzes, dröhnendes »ha« –, dann sprach er weiter: »Es ist nicht so, daß ich etwas gegen Fremde an sich hätte. Ich ziehe es eben nur vor, nicht mit jemandem zu sprechen, der sich mir nicht vorstellt. Um anfangen zu können, muß ich einen Namen haben.«

»Aber sobald Ihnen jemand seinen Namen gesagt hat, ist er doch kein Fremder mehr.«

»Richtig. Deshalb spreche ich nie mit Fremden.«

Quinn war auf so etwas vorbereitet und wußte, wie er zu antworten hatte. Er hatte nicht die Absicht, in die Falle zu gehen. Da er, technisch gesehen, Paul Auster war, hatte er diesen Namen zu schützen. Alles andere, auch die Wahrheit, war eine Maske, hinter der er sich verbergen und sicher fühlen konnte.

»In diesem Falle«, sagte er, »kann ich Ihnen gern dienen. Meine Name ist Quinn.«

»Ah«, sagte Stillman nachdenklich und nickte. »Quinn.«

98

»Ja, Quinn. Q-U-I-N-N.«

»Ich verstehe. Ja, ja, ich verstehe. Quinn. Hm, ja. Sehr interessant. Quinn. Ein sehr klangvolles Wort. Reimt sich auf Sinn, nicht wahr?«

»Das ist richtig. Sinn.«

»Auch auf Gewinn, wenn ich mich nicht irre?«

»Sie irren sich nicht.«

»Und auch auf in – mit einem ›n‹ – oder Kinn mit zweien. Richtig?«

»Richtig.«

»Hm. Sehr interessant. Ich sehe viele Möglichkeiten für dieses Wort, dieses Quinn, diese … Quintessenz der Quiddität. Quick, zum Beispiel. Und Quiz. Und Quack. Hm. Reimt sich auf bin, ganz zu schweigen von hin. Hm. Sehr interessant. Und drin. Und Spin. Und Zinn. Und Gin. Hm. Es reimt sich sogar auf Dschinn. Ja, sehr interessant. Ihr Name gefällt mir ausgezeichnet, Mr. Quinn. Er fliegt in so viele kleine Richtungen auf einmal davon.«

»Ja, das habe ich selbst schon oft bemerkt.«

»Die meisten Menschen achten auf so etwas nicht. Sie halten Wörter für Steine, große unbewegliche Gegenstände ohne Leben, Monaden, die sich nie verändern.«

»Steine können sich verändern. Sie können durch Wind und Wasser abgeschliffen werden. Dann die Erosion. Und sie können zertrümmert werden. Man kann sie in Splitter oder Sand verwandeln.«

»Genau. Ich habe gleich gewußt, daß Sie ein Mann von Verstand sind, Mr. Quinn. Wenn Sie nur wüßten, wie viele Menschen mich missverstanden haben. Meine Arbeit hat darunter gelitten. Schrecklich gelitten.«

»Ihre Arbeit?«

»Ja, meine Arbeit. Meine Projekte, meine Untersuchungen, meine Experimente.«

»Ach!«

»Ja. Aber allen Rückschlägen zum Trotz habe ich nie

wirklich den Mut verloren. Zur Zeit, beispielsweise, bin ich mit einer der wichtigsten Arbeiten beschäftigt, die ich je unternommen habe. Wenn alles gut geht, glaube ich, daß ich den Schlüssel zu einer Reihe von großen Entdeckungen in der Hand halten werde.«

»Den Schlüssel?«

»Ja, den Schlüssel. Ein Ding, mit dem man versperrte Türen öffnet.«

»Ich verstehe.«

»Natürlich sammle ich zur Zeit lediglich Daten, Beweisstücke sozusagen. Dann muß ich meine Befunde koordinieren. Eine sehr anstrengende Arbeit. Sie glauben nicht, wie schwer es ist – vor allem für einen Mann in meinem Alter.«

»Ich kann es mir vorstellen.«

»Gut. Ja, es gibt so viel zu tun und so wenig Zeit, es zu tun. Jeden Morgen stehe ich in der Dämmerung auf. Ich muß bei jedem Wetter draußen sein, immer in Bewegung, immer auf den Beinen, von einem Ort zum anderen. Es erschöpft mich, das können Sie mir glauben.«

»Aber es lohnt sich.«

»Alles für die Wahrheit. Kein Opfer ist zu groß.«

»Allerdings.«

»Sehen Sie, niemand hat verstanden, was ich verstanden habe. Ich bin der erste. Ich bin der einzige. Damit trage ich die Last einer großen Verantwortung.«

»Die Welt auf Ihren Schultern.«

»Ja, sozusagen. Die Welt – oder was davon noch übrig ist.«

»Ich wußte gar nicht, daß es schon so schlimm ist.«

»Es ist so schlimm. Vielleicht noch schlimmer.«

»Ach.«

»Sehen Sie, die Welt liegt in Trümmern, Sir. Und es ist meine Aufgabe, sie wieder zusammenzusetzen.«

»Da haben Sie sich aber sehr viel vorgenommen.«

»Das ist mir klar. Aber ich suche nur nach dem Prinzip. Das liegt sehr wohl in Reichweite eines Mannes. Wenn ich das Fundament schaffe, können andere Hände das Werk der Wiederherstellung übernehmen. Das wichtigste ist die Prämisse, der theoretische erste Schritt. Leider ist kein anderer da, der das tun kann.«

»Haben Sie gute Fortschritte gemacht?«

»Riesenschritte. Tatsächlich spüre ich nun, daß ich unmittelbar vor einem bedeutenden Durchbruch stehe.«

»Es beruhigt mich, das zu hören.«

»Ja, es ist ein tröstlicher Gedanke. Und das alles nur dank meiner Klugheit, der blendenden Klarheit meines Geistes.«

»Daran zweifle ich nicht.«

»Wissen Sie, ich habe die Notwendigkeit eingesehen, mich zu beschränken. Auf ein Gebiet, das klein genug ist, so daß alle Resultate schlüssig sind.«

»Die Prämisse der Prämisse, sozusagen.«

»Genau das ist es. Das Prinzip des Prinzips, die Verfahrensmethode. Sehen Sie, die Welt liegt in Trümmern, Sir. Wir haben nicht nur unser Ziel verloren, wir haben auch die Sprache verloren, mit der wir darüber sprechen können. Das sind zweifellos geistige Dinge, aber sie haben ihre Entsprechung in der materiellen Welt. Mein glänzender Einfall war, mich auf körperliche Dinge zu beschränken, auf das Unmittelbare und Greifbare. Meine Motive sind erhaben, aber meine Arbeit gilt dem Bereich des Alltäglichen. Deshalb werde ich so oft mißverstanden. Aber das spielt keine Rolle. Ich habe gelernt, derlei mit einem Achselzucken abzutun.«

»Eine bewundernswerte Reaktion.«

»Die einzig mögliche. Die einzige, die eines Mannes von meiner Größe würdig ist. Sehen Sie, ich bin dabei, eine neue Sprache zu erfinden. Mit einer solchen Aufgabe vor mir, kann ich mich nicht mit der Dummheit anderer abgeben. Jedenfalls ist das alles ein Teil der Krankheit, die ich zu heilen versuche.«

»Eine neue Sprache?«

»Ja. Eine Sprache, die endlich sagen wird, was wir zu sagen haben. Denn unsere Wörter entsprechen der Welt nicht mehr. Als die Dinge noch heil waren, hatten wir die Zuversicht, daß unsere Wörter sie ausdrücken konnten. Aber nach und nach sind diese Dinge zerbrochen, zersplittert, ins Chaos gestürzt. Doch unsere Wörter sind dieselben geblieben. Sie haben sich der neuen Wirklichkeit nicht angepaßt. Jedesmal, wenn wir von dem zu sprechen versuchen, was wir sehen, sprechen wir daher falsch und entstellen das, was wir darzustellen versuchen. Damit ist alles ein einziges Durcheinander geworden. Aber Wörter sind, wie Sie ja selbst wissen, imstande, sich zu ändern. Das Problem ist, wie man das demonstrieren soll. Deshalb arbeite ich nun mit Mitteln, die so einfach wie möglich sind – so einfach, daß sogar ein Kind begreifen kann, was ich sage. Nehmen wir ein Wort, das auf einen Gegenstand hinweist – ›Schirm‹ zum Beispiel. Wenn ich das Wort ›Schirm‹ ausspreche, sehen Sie im Geiste das Ding. Sie sehen eine Art Stock mit zusammenklappbaren Metallspeichen, die das Gestell für ein wasserdichtes Material bilden, das Sie in geöffnetem Zustand vor dem Regen schützt. Ein Schirm ist nicht nur ein Ding, er ist ein Ding, das eine Funktion erfüllt – mit anderen Worten, den Willen des Menschen ausdrückt. Wenn Sie darüber nachdenken, ähnelt jeder Gegenstand insofern dem Schirm, als er einer Funktion dient. Ein Bleistift ist zum Schreiben da, ein Schuh zum Tragen, ein Auto zum Fahren. Meine Frage lautet nun: Was geschieht, wenn ein Ding nicht mehr seine Funktion erfüllt? Ist es noch das Ding, oder ist es etwas anderes geworden? Ist der Schirm noch ein Schirm, wenn Sie den Stoff herunterreißen? Sie öffnen das Gestell, halten es über den Kopf, gehen in den Regen hinaus und werden naß. Ist es möglich, diesen Gegenstand noch einen Schirm zu nennen? Im allgemeinen tun es die Leute. Allenfalls werden sie sagen, der Schirm sei kaputt. Für mich ist das ein schwerwiegender Fehler, die Quelle aller unserer Nöte. Da er seinem Zweck nicht mehr dienen kann, hat der Schirm aufgehört, ein Schirm zu sein. Er mag einem Schirm ähneln, er mag einmal ein Schirm gewesen sein, aber nun hat er sich in etwas anderes verwandelt. Das Wort ist jedoch dasselbe geblieben. Daher kann es das Ding nicht mehr ausdrücken. Es ist ungenau, es ist falsch, es verbirgt das Ding, das es enthüllen soll. Und wenn wir nicht einmal einen gewöhnlichen, alltäglichen Gegenstand benennen können, den wir in der Hand halten, wie wollen wir dann von den Dingen sprechen, die uns wirklich etwas angehen? Wenn wir nicht anfangen, den Begriff der Veränderung in die Wörter aufzunehmen, die wir gebrauchen, bleiben wir verloren.«

»Und Ihre Arbeit?«

»Meine Arbeit ist sehr einfach. Ich bin nach New York gekommen, weil es der verlorenste, der elendste aller Orte ist. Die Zerbrochenheit ist allgegenwärtig, die Unordnung universal. Sie brauchen nur die Augen zu öffnen, um es zu sehen. Die zerbrochenen Menschen, die zerbrochenen Dinge, die zerbrochenen Gedanken. Die ganze Stadt ist ein Schrotthaufen. Sie eignet sich ausgezeichnet für meine Zwecke. Die Straßen sind eine endlose Materialquelle, ein unerschöpfliches Lagerhaus von zertrümmerten Dingen. Jeden Tag gehe ich mit meiner Tasche umher und sammle Gegenstände, die eine Untersuchung wert sind. Ich habe nun schon Hunderte von Proben – vom Zerdrückten bis zum Zerkratzten, vom Verbeulten bis zum Zerplatzten, vom Zerriebenen bis zum Verfaulten.«

»Was tun Sie mit diesen Dingen?«

»Ich gebe ihnen Namen.«

»Namen?«

»Ich erfinde neue Wörter, die den Dingen entsprechen.«

»Ich verstehe. Aber wie treffen Sie die Entscheidungen? Woher wissen Sie, ob Sie das richtige Wort gefunden haben?«

»Ich mache nie einen Fehler Das ist eine Folge meines Genies.«

»Könnten Sie mir ein Beispiel geben?«

»Eines meiner Wörter?«

»Ja.«

»Tut mir leid, aber das ist nicht möglich. Das ist mein Geheimnis, Sie verstehen? Sobald ich mein Buch veröffentlicht habe, werden Sie und die übrige Welt es kennen. Aber vorerst muß ich es für mich behalten.«

»Geheime Information.«

»Richtig. Streng geheim.«

»Schade.«

»Sie sollten nicht allzu enttäuscht sein. Es wird nicht mehr lange dauern, bis ich meine Ergebnisse geordnet habe. Dann werden große Dinge geschehen. Es wird das bedeutendste Ereignis in der Geschichte der Menschheit sein.«

Die zweite Begegnung fand am folgenden Morgen kurz nach neun Uhr statt. Es war Sonntag, und Stillman war eine Stunde später als sonst aus dem Hotel gekommen. Er ging die beiden Häuserblocks entlang bis zu dem Lokal, wo er immer frühstückte, dem Mayflower Café, und setzte sich hinten in eine Ecknische. Quinn, der nun kühner geworden war, folgte dem alten Mann in das Café und setzte sich direkt ihm gegenüber in dieselbe Nische. Ein oder zwei Minuten schien Stillman seine Anwesenheit nicht zu bemerken. Dann blickte er von seiner Speisekarte auf und studierte Quinns Gesicht geistesabwesend. Offensichtlich erkannte er ihn nicht wieder.

»Kenne ich Sie?« fragte er.

»Ich glaube nicht«, sagte Quinn. »Mein Name ist Henry Dark.«

»Ah.« Stillman nickte. »Ein Mann, der mit dem Wesentlichen beginnt. Das gefällt mir.«

»Ich bin keiner, der um den Busch herumschleicht«, sagte Quinn.

»Um den Busch? Was für ein Busch soll das sein?«

»Der brennende Dornbusch natürlich.«

»Ah ja, der brennende Dornbusch. Natürlich.«

Stillman betrachtete Quinns Gesicht – ein wenig sorgfältig nun, aber anscheinend auch mit einer gewissen Verwirrung. »Ich bedaure«, fuhr er fort, »aber ich kann mich nicht an Ihren Namen erinnern. Ich weiß, Sie haben ihn eben genannt, aber nun scheint er einfach weg zu sein.«

»Henry Dark«, sagte Quinn.

»Ja, richtig. Jetzt habe ich ihn wieder. Henry Dark.« Stillman machte eine lange Pause, dann schüttelte er den Kopf. »Leider ist das nicht möglich, Sir.«

»Warum nicht?«

»Weil es keinen Henry Dark gibt.«

»Vielleicht bin ich ein anderer Henry Dark. Im Gegensatz zu dem, den es nicht gibt.«

»Hm. Ja. Ich verstehe, was Sie meinen. Es ist wahr, daß manchmal zwei Menschen den gleichen Namen haben. Es ist durchaus möglich, daß Sie Henry Dark heißen. Aber Sie sind nicht *der* Henry Dark.«

»Ist er ein Freund von Ihnen?«

Stillman lachte wie über einen guten Witz. »Das nicht gerade«, sagte er. »Sehen Sie, es hat nie einen Henry Dark gegeben. Ich habe ihn mir ausgedacht. Er ist eine Erfindung.«

»Nein«, sagte Quinn mit gespielter Ungläubigkeit.

»Ja, er ist eine Figur in einem Buch, das ich einmal geschrieben habe. Pure Erfindung.«

»Es fällt mir schwer, das zu akzeptieren.«

»So ging es auch den anderen. Ich habe sie alle zum Narren gehalten.«

»Erstaunlich. Warum, in aller Welt, haben Sie das getan?«

»Ich brauchte ihn, Sie verstehen. Ich hatte damals gewisse Ideen, die zu gefährlich und zu polemisch waren. Daher gab ich vor, daß sie von einem anderen stammen. Es war eine Art Schutz für mich.«

»Wie kamen Sie auf den Namen Henry Dark?«*

»Es ist ein guter Name, finden Sie nicht? Mir gefällt er sehr gut. Voller Geheimnisse und zugleich sehr passend. Er diente meinen Zwecken sehr gut. Und außerdem hatte er eine geheime Bedeutung.«

»Die Anspielung auf die Dunkelheit?«

»Nein, nein. Nichts so Offensichtliches. Es waren die Anfangsbuchstaben. H. D. Das war sehr wichtig.«

»Wie das?«

»Wollen Sie nicht raten?«*

»Lieber nicht.«

»Ach, versuchen Sie es doch, bitte. Raten Sie dreimal. Wenn Sie nicht darauf kommen, sage ich es Ihnen.«

Quinn dachte eine Weile nach und versuchte, sein Bestes zu geben. »H. D.«, sagte er. »Für Henry David? Wie in Henry David Thoreau.«

»Weit gefehlt.«

»Wie wäre es mit H.D., schlicht und einfach für die Dichterin Hilda Doolittle?«

»Noch schlechter als das erste Mal.«

»Gut, einmal darf ich noch raten, H.D.H. ... und D ... Einen Augenblick ... Wie wäre es ... Einen Augenblick noch ... Ah, ja, jetzt habe ich es. H. für den weinenden Philosophen, Heraklit ... Und D. für den lachenden Philoso-

---

* dark = dunkel. A.d.Ü.

phen, Demokrit. Heraklit und Demokrit ... die beiden Pole der Dialektik.«

»Eine sehr kluge Antwort.«

»Habe ich recht?«

»Nein, natürlich nicht. Aber eine kluge Antwort ist es trotzdem.«

»Sie können nicht behaupten, ich hätte es nicht versucht.«

»Nein, das kann ich nicht. Deshalb will ich Sie auch mit der richtigen Antwort belohnen, Weil Sie es versucht haben. Sind Sie bereit?«

»Ich bin bereit.«

»Die Initialen H. D. in Henry Dark stehen für Humpty Dumpty.«

»Für wen?«

»Humpty Dumpty. Sie wissen doch: das Ei.«

»Wie in ›Humpty Dumpty saß auf einer Mauer‹?«

»Richtig.«

»Ich verstehe nicht.«

»Humpty Dumpty: die reinste Verkörperung des Menschseins. Hören Sie mir aufmerksam zu, Sir. Was ist ein Ei? Es ist das, was noch nicht geboren wurde. Ein Paradoxon, nicht wahr? Denn wie kann Humpty Dumpty leben, wenn er noch nicht geboren wurde? Und dennoch lebt er – täuschen Sie sich da nicht. Wir wissen es, weil er sprechen kann. Mehr noch, er ist ein Sprachphilosoph. ›Wenn *ich* ein Wort gebrauche, sagte Humpty Dumpty in leicht verächtlichem Ton, so bedeutet es das, was ich will, daß es bedeutet – weder mehr noch weniger. Die Frage ist nur, sagte Alice, ob Sie machen können, daß Wörter so viele verschiedene Dinge bedeuten. Die Frage ist, sagte Humpty Dumpty, wer der Herr sein soll – das ist alles.‹«

»Lewis Carroll.«

»*Alice hinter den Spiegeln,* sechstes Kapitel.«

»Interessant.«

»Mehr als interessant, Sir. Es ist von entscheidender Bedeutung. Hören Sie aufmerksam zu, und Sie werden vielleicht etwas lernen. In seiner kleinen Rede an Alice skizziert Humpty Dumpty die Zukunft der menschlichen Hoffnungen, und er liefert den Schlüssel für unsere Rettung. Herren über die Wörter werden, die wir sprechen, die Sprache unseren Bedürfnissen anpassen. Humpty Dumpty war ein Prophet, ein Mann, der Wahrheiten aussprach, für die die Welt noch nicht bereit war.«

»Ein Mann?«

»Entschuldigen Sie. Ein Versprecher. Ich meine ein Ei. Aber der Versprecher ist aufschlußreich und hilft mir, meine Behauptung zu beweisen. Denn alle Menschen sind gewissermaßen Eier. Wir existieren, aber wir haben noch nicht die Gestalt erlangt, die unser Schicksal ist. Wir sind ein reines Potential, ein Beispiel für das Noch-nicht-Angekommene. Denn der Mensch ist ein gefallenes Geschöpf – wir wissen das aus der Genesis. Humpty Dumpty ist ebenfalls ein gefallenes Geschöpf. Er fällt von seiner Mauer herunter, und niemand kann ihn wieder zusammensetzen, weder der König noch seine Pferde noch seine Männer. Aber das ist es, wonach wir alle streben müssen. Es ist unsere Menschenpflicht: das Ei wieder zusammenzusetzen. Denn jeder von uns, Sir, ist Humpty Dumpty. Und ihm helfen heißt uns selbst helfen.«

»Ein überzeugendes Argument.«

»Es ist unmöglich, einen Fehler darin zu finden.«

»Kein Sprung im Ei.«

»Richtig.«

»Und zugleich der Ursprung Henry Darks.«

»Ja. Aber es steckt noch mehr dahinter. Nämlich ein zweites Ei.«

»Es gibt mehr als eines?«

»Du lieber Himmel, ja. Es gibt Millionen. Aber das eine, an das ich denke, ist besonders berühmt. Es ist wahrscheinlich das berühmteste aller Eier.«

»Jetzt kann ich Ihnen nicht mehr folgen.«

»Ich spreche vom Ei des Kolumbus.«

»Ah ja, natürlich.«

»Sie kennen die Geschichte?«

»Jeder kennt sie.«

»Sie ist reizend, nicht wahr? Als er das Problem zu lösen hatte, wie man ein Ei auf die Spitze stellt, stieß Kolumbus es einfach leicht auf dem Boden auf und zerbrach die Schale gerade so weit, daß eine kleine ebene Fläche entstand, die das Ei stützte, als er seine Hand zurückzog.«

»Es funktionierte.«

»Natürlich funktionierte es. Kolumbus war ein Genie. Er suchte das Paradies und entdeckte die Neue Welt. Es ist noch nicht zu spät für sie, das Paradies zu werden.«

»Gewiß nicht.«

»Ich gebe zu, daß es bis jetzt nicht allzu gut gegangen ist. Aber noch besteht Hoffnung. Die Amerikaner haben nie die Sehnsucht verloren, neue Welten zu entdecken. Wissen Sie noch, was 1969 geschah?«

»Ich erinnere mich an vieles. Woran denken Sie?«

»Menschen betraten den Mond. Denken Sie daran, mein lieber Herr. Menschen betraten den Mond!«

»Ja, ich erinnere mich. Dem Präsidenten zufolge war es das größte Ereignis seit der Schöpfung.«

»Er hatte recht. Es war das einzig Gescheite, was dieser Mann jemals sagte. Und was glauben Sie, wie der Mond aussieht?«

»Ich habe keine Ahnung.«

»Kommen Sie. Denken Sie noch einmal nach.«

»Aber ja, jetzt sehe ich, was Sie meinen.«

»Zugegeben, die Ähnlichkeit ist nicht vollkommen. Aber es ist wahr, daß der Mond in gewissen Phasen, besonders in klaren Nächten, einem Ei sehr ähnlich sieht.«

»Ja, sehr ähnlich.«

In diesem Augenblick erschien eine Kellnerin mit Stillmans Frühstück und stellte es vor ihm auf den Tisch. Der alte Mann betrachtete die Speisen mit Behagen. Manierlich hob er mit der rechten Hand ein Messer, klopfte die Schale eines weich gekochten Eis auf und sagte: »Wie Sie sehen, Sir, lasse ich nichts unversucht.«

Die dritte Begegnung fand später am selben Tag statt. Der Nachmittag war schon weit fortgeschritten: Das Licht lag wie Gaze auf den Ziegeln und Blättern, die Schatten wurden länger. Wieder einmal zog sich Stillman in den Riverside Park zurück, diesmal bis an den Rand, und er kam auf einer buckeligen Erhöhung an der 84th Street zur Ruhe, die Mount Tom genannt wird. An derselben Stelle hatte in den Sommern der Jahre 1843 und 1844 Edgar Allan Poe viele lange Stunden verbracht und auf den Hudson hinausgeblickt. Quinn wusste es, weil er es sich angelegen sein ließ, solche Dinge zu wissen. Tatsächlich hatte auch er selbst oft dort gesessen.

Er hatte nun wenig Angst vor dem, was er tun mußte. Er ging zwei- oder dreimal um den Felsen herum, vermochte aber Stillmans Aufmerksamkeit nicht auf sich zu lenken. Dann setzte er sich neben den alten Mann und begrüßte ihn. Unglaublicherweise erkannte ihn Stillman nicht wieder. Zum drittenmal erschien Quinn nun schon, und jedesmal war es so, als wäre er jemand anders. Er konnte nicht entscheiden, ob das ein gutes oder schlechtes Zeichen war. Wenn sich Stillman verstellte, war er ein Schauspieler, wie es keinen zweiten auf der Welt gab. Denn jedesmal war Quinn überraschend aufgetaucht, und dennoch hatte Stillman keine Miene verzogen. Wenn ihn Stillman andererseits wirklich nicht wiedererkannte – was bedeutete das? War es möglich, daß jemand so unempfindlich für alles sein konnte, was er sah?

Der alte Mann fragte ihn, wer er sei.

»Mein Name ist Peter Stillman«, sagte Quinn.

»Das ist mein Name«, antwortete Stillman. »Ich bin Peter Stillman.«

»Ich bin der andere Peter Stillman«, sagte Quinn.

»Oh, Sie wollen sagen, mein Sohn. Ja, das ist möglich. Sie sehen aus wie er. Natürlich ist Peter blond, und Sie dunkel. Nicht Henry Dark, aber dunkelhaarig. Doch die Menschen ändern sich, nicht wahr? In der einen Minute sind wir das eine und in der anderen etwas anderes.«

»Richtig.«

»Ich habe oft über dich nachgedacht, Peter. Oft habe ich mir gedacht, ich möchte wissen, wie es Peter geht.«

»Es geht mir jetzt viel besser, danke.«

»Freut mich, das zu hören. Irgendwer sagte mir einmal, du seist gestorben. Das hat mich sehr traurig gemacht.«

»Nein, ich habe mich vollständig erholt.«

»Ich sehe es. Gesund wie ein Fisch im Wasser. Und du sprichst auch so gut.«

»Alle Wörter stehen mir jetzt zu Gebote. Auch solche, mit denen die meisten Leute Schwierigkeiten haben. Ich kann sie alle sagen.«

»Ich bin stolz auf dich, Peter.«

»Ich verdanke alles dir.«

»Kinder sind ein großer Segen. Das habe ich immer gesagt. Ein unvergleichlicher Segen.«

»Ganz gewiß.«

»Was mich betrifft, ich habe meine guten Tage und meine schlechten Tage. Wenn die schlechten Tage kommen, denke ich an die guten. Die Erinnerung ist ein großer Segen. Das Beste nach dem Tod.«

»Ohne Zweifel.«

»Natürlich müssen wir auch in der Gegenwart leben. Ich, zum Beispiel, bin im Augenblick in New York. Morgen könnte ich schon anderswo sein. Ich reise viel, weißt du. Heute hier, morgen dort. Das gehört zu meiner Arbeit.«

»Es muß sehr anstrengend sein.«

»Ja, ich habe genug Anregungen. Mein Geist steht nie still.«

»Es ist gut, das zu hören.«

»Ich spüre die Jahre schon sehr, das ist wahr. Aber wir müssen für so vieles dankbar sein. Die Zeit läßt uns alt werden, aber sie gibt uns auch den Tag und die Nacht. Und wenn wir sterben, ist immer jemand da, der unseren Platz einnimmt.«

»Wir alle werden alt.«

»Wenn du alt bist, hast du vielleicht einen Sohn, der dich tröstet.«

»Das würde mir gefallen.«

»Dann wärst du so glücklich, wie ich es gewesen bin. Denk daran, Peter, Kinder sind ein großer Segen.«

»Ich werde es nicht vergessen.«

»Und denk auch daran, daß du nicht alle deine Eier in einen Korb legen darfst. Umgekehrt, zähle deine Küken nicht, bevor sie ausgeschlüpft sind.«

»Nein. Ich versuche alles zu nehmen, wie es kommt.«

»Und schließlich, sage nie etwas, wovon du in deinem Herzen weißt, daß es nicht wahr ist.«

»Das werde ich nicht tun.«

»Lügen ist schlecht. Es läßt dich bedauern, daß du je geboren wurdest. Und nicht geboren worden zu sein, ist ein Fluch. Du bist dazu verdammt, außerhalb der Zeit zu leben. Und wenn du außerhalb der Zeit lebst, gibt es keinen Tag und keine Nacht. Du hast nicht einmal die Chance zu sterben.«

»Ich verstehe.«

»Eine Lüge kann nie ungeschehen gemacht werden. Auch die Wahrheit reicht dazu nicht aus. Ich bin Vater und weiß über diese Dinge Bescheid. Erinnere dich, was mit dem Vater unseres Landes geschah. Er fällte den Kirschbaum und sagte dann zu seinem Vater: ›Ich kann nicht lügen.‹ Kurz darauf warf er die Münze über den Fluß. Diese beiden Ereignisse sind entscheidend für die amerikanische Geschichte. George Washington fällte den Baum, und dann warf er das Geld weg. Verstehst du? Er sagte uns eine wesentliche Wahrheit. Nämlich, daß Geld nicht auf Bäumen wächst. Das hat unser Land groß gemacht, Peter. Jetzt ist George Washingtons Bild auf jedem Dollarschein zu sehen. Aus alldem ist eine wichtige Lektion zu lernen.«

»Ich bin ganz deiner Meinung.«

»Natürlich ist es bedauerlich, daß der Baum umgehauen wurde. Dieser Baum war der Baum des Lebens, und er hätte uns gegen den Tod gefeit. Jetzt heißen wir den Tod mit offenen Armen willkommen, besonders wenn wir alt sind. Aber der Vater unseres Landes kannte seine Pflichten. Er konnte nicht anders handeln. Das ist der Sinn des Satzes: ›Das Leben ist eine Schale voller Kirschen.‹ Wäre der Baum stehengeblieben, hätten wir das ewige Leben gehabt.«

»Ja, ich verstehe, was du meinst.«

»Ich habe viele solche Ideen im Kopf. Mein Geist steht nie still. Du warst immer ein kluger Junge, Peter, und ich bin froh, daß du mich verstehst.«

»Ich kann dir vollkommen folgen.«

»Ein Vater muß seinen Sohn immer die Lektionen lehren, die er gelernt hat. Auf diese Weise wird das Wissen von Generation zu Generation weitergegeben, und wir werden weise.«

»Ich werde nicht vergessen, was du mir gesagt hast.«

»Jetzt werde ich glücklich sterben können, Peter.«

»Das freut mich.«

»Aber du darfst nichts vergessen.«

»Das werde ich nicht, Vater. Ich verspreche es dir.«

Am nächsten Morgen stand Quinn zur üblichen Zeit vor dem Hotel. Das Wetter hatte sich schließlich geändert. Nach zwei Wochen mit strahlendem Himmel ging nun ein Sprühregen auf New York nieder, und die Straßen waren voll von dem Geräusch nasser rollender Reifen. Eine Stunde lang saß Quinn unter dem Schutz eines schwarzen Schirms auf der Bank und dachte, Stillman werde jeden Augenblick erscheinen. Er aß sein Brötchen und trank seinen Kaffee, las den Bericht über das verlorene Spiel der Mets am Sonntag, und von dem alten Mann war noch immer nichts zu sehen. Geduld, sagte er sich und nahm den Rest der Zeitung in Angriff. Vierzig Minuten vergingen. Er kam beim Finanzteil an und wollte eben die Analyse einer Fusion mehrerer Gesellschaften lesen, als es heftiger zu regnen begann. Widerwillig verließ er seine Bank und ging zu einem Toreingang gegenüber dem Hotel. Dort stand er anderthalb Stunden in seinen feuchtkalten Schuhen. War Stillman krank? fragte er sich. Quinn versuchte sich vorzustellen, wie er im Bett lag und ein Fieber ausschwitzte. Vielleicht war der alte Mann im Laufe der Nacht gestorben und seine Leiche war noch nicht entdeckt worden. So etwas kommt vor, sagte er sich.

Heute hätte der entscheidende Tag sein sollen, und Quinn hatte sorgfältig genaue Pläne dafür entworfen. Nun dienten seine Berechnungen zu nichts. Es störte ihn, daß er diese Möglichkeit nicht in Betracht gezogen hatte.

Dennoch zögerte er. Er stand unter seinem Schirm und sah zu, wie der Regen in kleinen, feinen Tropfen von ihm abglitt. Ab elf Uhr reifte ein Entschluß in ihm. Eine halbe Stunde später überquerte er die Straße, ging vierzig Schritte den Block hinunter und betrat Stillmans Hotel. Das Haus stank nach Schabenvertilgungsmitteln und Zigarettenstummeln. Einige der Bewohner, die nicht wußten, wohin sie im Regen gehen sollten, rekelten sich in der Halle in orangefarbenen Plastiksesseln. Der Raum wirkte wie leer, eine Hölle schaler Gedanken.

Ein großer Schwarzer saß mit aufgekrempelten Hemdsärmeln hinter dem Empfangstisch. Er stützte einen Ellbogen auf den Tisch und hatte den Kopf in die offene Hand gelegt. Mit der anderen Hand blätterte er in einer Boulevardzeitung, aber er hielt kaum inne, um zu lesen. Er sah so gelangweilt aus, als hätte er sein ganzes Leben dort verbracht.

»Ich möchte eine Nachricht für einen Ihrer Gäste hinterlassen«, sagte Quinn.

Der Mann blickte langsam zu ihm auf, so als wollte er, daß er verschwinde.

»Ich möchte eine Nachricht für einen Ihrer Gäste hinterlassen«, sagte Quinn noch einmal.

»Hier gibt es keine Gäste«, sagte der Mann. »Wir nennen sie Insassen.«

»Für einen Ihrer Insassen also. Ich möchte eine Nachricht hinterlassen.«

»Und wer soll das sein, Mann?«

»Stillman, Peter Stillman.«

Der Mann tat einen Augenblick so, als dächte er nach, dann schüttelte er den Kopf. »Kann mich an keinen erinnern, der so heißt.«

»Haben Sie kein Register?«

»Doch wir haben ein Buch. Aber es ist im Safe.«

»Im Safe? Wovon reden Sie?«

»Ich rede von dem Buch, Mann. Der Boss will, daß es im Safe eingeschlossen wird.«

»Ich nehme an, Sie kennen die Kombination nicht?«

»Tut mir leid, die kennt nur der Boss.«

Quinn seufzte, griff in die Tasche und zog eine Fünfdollarnote heraus. Er klatschte sie auf den Tisch und legte die Hand darauf.

»Ich nehme an, Sie haben nicht zufällig eine Kopie des Buches, oder?«

»Kann sein«, sagte der Mann. »Ich muß in meinem Büro nachsehen.«

Der Mann hob die Zeitung auf, die offen auf dem Tisch ausgebreitet war. Darunter lag das Buch.

»Glück gehabt«, sagte Quinn und nahm seine Hand von der Banknote.

»Ja, es scheint, ich habe heute einen guten Tag«, antwortete der Mann, zog die Banknote über die Tischplatte, ließ sie rasch über die Kante gleiten und steckte sie in die Tasche. »Wie war noch einmal der Name Ihres Freundes?«

»Stillman. Ein alter Mann mit weißem Haar.«

»Der Herr im Mantel?«

»Richtig.«

»Wir nennen ihn den Professor.«

»Das ist er. Haben Sie seine Zimmernummer? Er ist vor ungefähr zwei Wochen eingezogen.«

Der Angestellte schlug das Buch auf, blätterte darin und fuhr mit dem Finger über die Kolonnen der Namen und Zahlen. »Stillman«, sagte er. »Zimmer 303. Er ist nicht mehr da.«

»Wie?«

»Er ist ausgezogen.«

»Was reden Sie da?«

»Hören Sie, Mann, ich sage Ihnen nur, was hier steht. Stillman hat sich gestern abend abgemeldet. Er ist weg.«

»Das ist das Verrückteste, was ich je gehört habe.«

»Es ist mir egal, was das ist. Hier steht es schwarz auf weiß.«

»Hat er eine Nachsendeadresse angegeben?«

»Soll das ein Witz sein?«

»Um welche Zeit ist er fortgegangen?«

»Muß ich Louie fragen, den Nachtportier. Er kommt um acht.«

»Kann ich das Zimmer sehen?«

»Tut mir leid. Ich habe es heute morgen selbst vermietet. Der Kerl liegt oben und schläft.«

»Wie sieht er aus?«

»Für fünf Dollar haben Sie aber 'ne Menge Fragen.«

»Vergessen Sie's«, sagte Quinn mit einer verzweifelten Handbewegung. »Es ist nicht so wichtig.«

Er kehrte in einem heftigen Regenguß zu seiner Wohnung zurück und wurde trotz seines Schirms klatschnaß. Soviel zu den Funktionen, sagte er sich. Soviel zur Bedeutung von Wörtern. Er warf den Schirm angewidert auf den Boden des Wohnzimmers. Dann zog er den Sakko aus und schleuderte ihn gegen die Wand. Wasser spritzte umher.

Er rief Virginia Stillman an, weil er zu verwirrt war, um sich etwas anderes auszudenken. Sie meldete sich, als er schon wieder auflegen wollte.

»Ich habe ihn verloren«, sagte er.

»Sind Sie sicher?«

»Er ist gestern abend ausgezogen. Ich weiß nicht, wo er ist.«

»Ich habe Angst, Paul.«

»Haben Sie von ihm gehört?«

»Ich weiß nicht. Ich glaube, ja, aber ich bin nicht sicher.«

»Wie soll ich das verstehen?«

»Peter ist heute morgen ans Telefon gegangen, während ich mein Bad nahm. Er will mir nicht sagen, wer es war. Er ist in sein Zimmer gegangen, hat die Rouleaus heruntergezogen und weigert sich zu sprechen.«

»Aber das hat er doch schon öfter getan.«

»Ja. Deshalb bin ich auch nicht sicher. Aber er hat es schon lange nicht mehr gemacht.«

»Das klingt nicht gut.«

»Das fürchte ich auch.«

»Machen Sie sich keine Sorgen. Ich habe einige Ideen. Ich werde mich gleich näher mit ihnen beschäftigen.«

»Wie erreiche ich Sie?«

»Ich rufe Sie alle zwei Stunden an, egal wo ich bin.«

»Sie versprechen es mir?«

»Ich verspreche es.«

»Ich habe solche Angst. Ich halte es nicht aus.«

»Meine Schuld. Ich habe einen dummen Fehler gemacht. Tut mir leid.«

»Nein, ich mache Ihnen keine Vorwürfe. Niemand kann jemanden vierundzwanzig Stunden am Tag überwachen. Das ist unmöglich. Sie müßten in seiner Haut stecken.«

»Das ist es ja. Ich dachte, ich steckte in seiner Haut.«

»Es ist noch nicht zu spät, oder?«

»Nein. Wir haben noch viel Zeit. Ich möchte, daß Sie sich beruhigen.«

»Ich will's versuchen.«

»Gut. Ich lasse von mir hören.«

»Alle zwei Stunden?«

»Alle zwei Stunden.«

Er hatte sich bei diesem Gespräch recht gut aus der Affäre gezogen. Trotz allem war es ihm gelungen, Virginia Stillman zu beruhigen. Es fiel ihm schwer, es zu glauben, aber sie schien ihm immer noch zu vertrauen. Nicht, daß ihm das etwas nützte. Denn er hatte sie in Wirklichkeit belogen. Er hatte nicht einige Ideen. Er hatte nicht einmal eine einzige.

10

Stillman war also fort. Der alte Mann war ein Teil der Stadt geworden. Er war ein kleiner Fleck, ein Satzzeichen, ein Ziegel in einer endlosen Ziegelmauer. Quinn konnte den Rest seines Lebens jeden Tag durch die Straßen gehen, ohne ihn je zu finden. Alles war nun auf den Zufall reduziert, auf einen Albtraum von Zahlen und Wahrscheinlichkeiten. Es gab keine Anhaltspunkte, keine Spuren, nichts, was man tun konnte.

Quinn ging im Geiste zurück bis zum Beginn des Falles. Seine Aufgabe war es gewesen, Peter zu beschützen, nicht, Stillman zu folgen. Das war nur eine Methode gewesen, ein Versuch vorauszusagen, was geschehen könnte. Indem er Stillman beobachtete, konnte er, nach seiner Theorie, erfahren, was er gegen Peter vorhatte. Er hatte den alten Mann zwei Wochen beschattet. Was konnte er nun folgern? Nicht viel. Stillmans Verhalten war zu undurchsichtig gewesen, um ihm irgendwelche Hinweise zu geben.

Natürlich konnten sie gewisse extreme Maßnahmen ergreifen. Er konnte Virginia Stillman vorschlagen, sich eine geheime Telefonnummer geben zu lassen. Das würde, wenigstens für eine Weile, die beängstigenden Anrufe ausschalten. Wenn das nichts half, konnten sie und Peter umziehen. Sie konnten das Viertel, vielleicht überhaupt die Stadt verlassen. Schlimmstenfalls konnten sie eine neue Identität annehmen und unter anderen Namen leben.

Der letzte Gedanke erinnerte ihn an etwas Wichtiges. Er hatte bis jetzt nie ernsthaft die Umstände untersucht, unter denen er seinen Auftrag erhalten hatte. Es war alles zu rasch gegangen, und er hatte es für selbstverständlich gehalten, daß er für Paul Auster einspringen konnte. Sobald er den Sprung in diesen Namen getan hatte, hatte er an Auster selbst nicht mehr gedacht. Wenn dieser Mann ein so guter Detektiv war, wie die Stillmans glaubten, war er vielleicht imstande, ihm bei diesem Fall zu helfen. Quinn wollte ihm offen alles gestehen, Auster würde ihm verzeihen, und gemeinsam konnten sie Peter Stillman retten.

Er suchte auf den gelben Seiten des Branchenverzeichnisses nach dem Detektivbüro Auster. Es war nicht eingetragen. Aber er fand den Namen auf den weißen Seiten. Es gab einen Paul Auster in Manhattan. Er wohnte am Riverside Drive, nicht weit von Stillmans Haus entfernt. Ein Detektivbüro wurde nicht erwähnt, aber das mußte nichts bedeuten. Auster war vielleicht so beschäftigt, daß er es nicht nötig hatte, für sich zu werben. Quinn nahm den Hörer ab und wollte schon die Nummer wählen, aber dann besann er sich. Dieses Gespräch war zu wichtig, man konnte es nicht dem Telefon überlassen. Er wollte es nicht riskieren, einfach kurz abgefertigt zu werden. Wenn Auster kein Büro hatte, so bedeutete das, daß er zu Hause arbeitete. Quinn wollte ihn dort aufsuchen und mit ihm von Angesicht zu Angesicht sprechen.

Es hatte nun aufgehört zu regnen. Der Himmel war noch grau, aber weit im Westen konnte Quinn einen Lichtstrahl sehen, der durch die Wolken fiel. Als er den Riverside Drive hinaufging, wurde ihm bewußt, daß er nicht mehr Stillman verfolgte. Ihm war zumute, als hätte er die Hälfte seiner selbst verloren. Zwei Wochen lang war er durch einen unsichtbaren Faden mit dem alten Mann verbunden gewesen. Was immer Stillman getan, hatte auch er getan, wohin immer Stillman gegangen, war auch er gegangen. Sein Körper hatte sich noch nicht an die neue Freiheit gewöhnt, und an den ersten Häuserblocks entlang ging er noch mit dem alten schlurfenden Gang. Der Bann war gebrochen, doch sein Körper wußte es noch nicht.

Austers Haus stand in der Mitte des langen Blocks zwischen der 116th und der 119th Street, südlich der Riverside Church und von Grant's Tomb. Es war ein ordentliches Haus mit polierten Türklinken und sauberen Fensterscheiben, und es hatte eine bürgerliche Nüchternheit an sich, die Quinn in diesem Augenblick gefiel. Austers Wohnung befand sich im elften Stock. Quinn drückte auf den Knopf und wartete darauf, eine Stimme aus der Sprechanlage zu hören. Aber der Türöffner summte ohne vorherigen Wortwechsel. Quinn stieß die Tür auf, ging durch den Flur und fuhr mit dem Lift zum elften Stock hinauf.

Ein Mann öffnete ihm die Wohnungstür. Er war groß und dunkel, Mitte Dreißig. Seine Kleidung war zerknittert, und er hatte einen zwei Tage alten Bart. In der rechten Hand hielt er zwischen Daumen, Zeige- und Mittelfinger einen Füllfederhalter ohne Kappe, so als hätte er gerade aufgehört zu schreiben. Der Mann schien überrascht zu sein, einen Fremden vor sich zu sehen.

»Ja?« fragte er zögernd.

Quinn sprach im höflichsten Ton, dessen er fähig war: »Haben Sie jemand anderen erwartet?«

»Ja, tatsächlich, meine Frau. Deshalb habe ich auf den Summer gedrückt, ohne zu fragen, wer da ist.«

»Ich störe Sie ungern«, entschuldigte sich Quinn, »aber ich suche Paul Auster.«

»Ich bin Paul Auster«, sagte der Mann.

»Ich würde gerne mit Ihnen sprechen. Es ist sehr wichtig.«

»Sagen Sie mir zuerst einmal, worum es sich handelt.«

»Das weiß ich selbst nicht recht.« Quinn sah Auster ernst an. »Es ist kompliziert, fürchte ich. Sehr kompliziert.«

»Haben Sie einen Namen?«

»Entschuldigen Sie. Natürlich, Quinn.«

»Quinn und wie noch?«

»Daniel Quinn.«

Der Name schien Auster etwas zu sagen, und er schwieg einen Augenblick nachdenklich, so als suchte er etwas in seinen Erinnerungen. »Quinn«, murmelte er vor sich hin. »Ich kenne den Namen von irgendwoher.« Er verstummte wieder und strengte sich noch mehr an, um die Antwort zu finden.

»Sie sind nicht etwa Dichter, oder?«

»Ich war es einmal«, sagte Quinn. »Aber ich habe nun schon lange keine Gedichte mehr geschrieben.«

»Sie haben vor einigen Jahren ein Buch veröffentlicht, nicht wahr? Ich glaube, der Titel lautete *Unfinished Business*. Ein kleines Buch in einem blauen Einband.«

»Ja, das war ich.«

»Es hat mir sehr gut gefallen. Ich hoffe, noch mehr von Ihnen zu sehen. Ja, ich fragte mich, was aus Ihnen geworden war.«

»Ich bin noch hier. Sozusagen.«

Auster öffnete die Tür weiter und bat Quinn mit einer Handbewegung einzutreten. Es war eine recht hübsche Wohnung: seltsam angelegt mit mehreren Korridoren, Bücher lagen überall umher, an den Wänden hingen Bilder von Malern, die Quinn nicht kannte, einige Spielsachen waren über den Boden verstreut – ein roter Lkw, ein brauner Bär, ein grünes Ungeheuer aus dem Weltraum. Auster führte ihn ins Wohnzimmer, ließ ihn in einem abgewetzten Polstersessel Platz nehmen und ging in die Küche, um Bier zu holen. Er kam mit zwei Flaschen zurück, stellte sie auf eine Holzkiste, die als Couchtisch diente, und setzte sich Quinn gegenüber auf ein Sofa.

»Wollten Sie über eine literarische Angelegenheit mit mir sprechen?« begann Auster.

»Nein«, sagte Quinn. »Ich wollte, es wäre so. Aber dies hat mit Literatur nichts zu tun.«

»Womit dann?«

Quinn schwieg, blickte sich im Zimmer um, ohne etwas zu sehen, und suchte nach einem Anfang. »Ich habe das Gefühl, daß hier ein schrecklicher Irrtum vorliegt. Ich bin hergekommen, um Paul Auster, den Privatdetektiv, aufzusuchen.«

»Den was?« Auster lachte, und mit diesem Lachen wurde plötzlich alles in Stücke gerissen. Quinn erkannte, daß er Unsinn redete. Er hätte ebensogut nach Häuptling Sitting Bull fragen können – die Wirkung wäre dieselbe gewesen.

»Den Privatdetektiv«, wiederholte er leise.

»Ich fürchte, Sie sind an den falschen Paul Auster geraten.«

»Sie sind der einzige im Telefonbuch.«

»Mag sein«, sagte Auster. »Aber ich bin kein Detektiv.«

»Wer sind Sie dann? Was tun Sie?«

»Ich bin Schriftsteller.«

»Schriftsteller?« Quinn sprach das Wort aus wie einen Klagelaut.

»Tut mir leid«, sagte Auster. »Aber das bin ich nun zufällig einmal.«

»Wenn das wahr ist, gibt es keine Hoffnung mehr. Das Ganze ist ein böser Traum.«

»Ich habe keine Ahnung, wovon Sie reden.«

Quinn sagte es ihm. Er begann von vorn und erzählte Schritt für Schritt die ganze Geschichte. Der Druck hatte sich in ihm aufgestaut, seitdem Stillman an diesem Morgen verschwunden war, und er entlud sich nun in einem Strom von Worten. Er sprach von den Telefonanrufen, die Paul Auster galten, von seiner unerklärlichen Übernahme des Falles, von seiner Begegnung mit Peter Stillman, von seinem Gespräch mit Virginia Stillman; er schilderte, wie er Stillmans Buch gelesen hatte, wie er Stillman von der Grand Central Station aus gefolgt war, er erzählte von Stillmans täglichen Wanderungen, seiner Tasche und den zerbrochenen Gegenständen, von den beunruhigenden Karten, die Buchstaben des Alphabets darstellten, von seinen Gesprächen mit Stillman, von Stillmans Verschwinden aus dem Hotel. Als er fertig war, fragte er: »Halten Sie mich für verrückt?«

»Nein«, sagte Auster, der Quinns Monolog aufmerksam angehört hatte. »Wenn ich an Ihrer Stelle gewesen wäre, würde ich wahrscheinlich das gleiche getan haben.«

Diese Worte waren eine große Erleichterung für Quinn, so als hätte er endlich die Last nicht mehr allein zu tragen. Er hätte Auster am liebsten in die Arme genommen und ihm Freundschaft fürs Leben geschworen.

»Hier, sehen Sie«, sagte er. »Ich erfinde nichts. Ich habe sogar einen Beweis.« Er nahm seine Brieftasche heraus und reichte Auster den Fünfhundertdollarscheck, den ihm Virginia Stillman vor zwei Wochen gegeben hatte »Sehen Sie«, sagte er. »Er ist sogar auf Sie ausgestellt.«

Auster prüfte den Scheck sorgfältig und nickte. »Das scheint ein vollkommen normaler Scheck zu sein.«

»Er gehört Ihnen«, sagte Quinn. »Ich möchte, daß Sie ihn haben.«

»Ich kann ihn doch nicht annehmen.«

»Für mich ist er wertlos.« Quinn sah sich in der Wohnung um und sagte mit einer vagen Handbewegung: »Kaufen Sie sich noch ein paar Bücher oder Spielsachen für Ihr Kind.«

»Dieses Geld haben Sie sich verdient. Es steht Ihnen zu.« Auster unterbrach sich einen Augenblick. »Eines kann ich immerhin für Sie tun. Da der Scheck auf meinen Namen ausgestellt ist, werde ich ihn für Sie einlösen. Ich bringe ihn morgen früh zu meiner Bank, zahle ihn auf mein Konto ein und gebe Ihnen das Geld, sobald er verrechnet ist.«

Quinn sagte nichts.

»In Ordnung?« fragte Auster. »Sind Sie einverstanden?«

»In Ordnung«, sagte Quinn schließlich. »Wir werden sehen, was passiert.«

Auster legte den Scheck auf den Tisch, wie um zu sagen, daß die Angelegenheit erledigt sei. Dann lehnte er sich auf dem Sofa zurück und sah Quinn in die Augen. »Es gibt ein viel wichtigeres Problem als den Scheck«, sagte er. »Die Tatsache, daß mein Name in diese Geschichte verwickelt worden ist. Ich verstehe das einfach nicht.«

»Ich frage mich, ob Sie in letzter Zeit Scherereien mit Ihrem Telefon hatten. Manchmal geraten die Schaltungen durcheinander. Jemand will eine Nummer anrufen, und obwohl er richtig wählt, bekommt er den Falschen.«

»Ja, das habe ich schon erlebt. Aber selbst wenn mein Telefon gestört war, erklärt das nicht das eigentliche Problem. Es würde uns sagen, warum der Anrufer Sie an den Apparat bekam, aber nicht, warum er überhaupt mich anrufen wollte.«

»Wäre es möglich, daß Sie die betroffenen Personen kennen?«

»Ich habe nie von den Stillmans gehört.«

»Vielleicht wollte sich jemand einen dummen Scherz mit Ihnen erlauben.«

»Ich gebe mich nicht mit solchen Leuten ab«.

»Man kann nie wissen.«

»Aber Tatsache ist, daß dies kein Scherz ist. Es ist ein richtiger Fall mit richtigen Menschen.«

»Ja«, sagte Quinn nach langem Schweigen. »Das ist mir klar.«

Ihnen blieb nichts mehr, worüber sie sprechen konnten. Über diesen Punkt hinaus gab es nur die zufälligen Gedanken von Männern, die nichts wußten. Quinn sah ein, daß er nun eigentlich gehen mußte. Er war beinahe eine Stunde da gewesen, und es wurde bald Zeit, Virginia Stillman anzurufen. Dennoch zögerte er. Der Sessel war bequem, und das Bier war ihm ein wenig zu Kopf gestiegen. Auster war der erste intelligente Mensch, mit dem er seit langem gesprochen hatte. Er hatte seine, Quinns, frühere Arbeiten gelesen, hatte sie bewundert und auf mehr gewartet. Trotz allem war es Quinn unmöglich, sich nicht darüber zu freuen.

Sie saßen eine Weile da, ohne etwas zu sagen. Schließlich zuckte Auster leicht die Schulter, so als wollte er zugeben, daß sie an einem toten Punkt angelangt waren. Er stand auf und sagte: »Ich wollte mir gerade ein kleines Mittagessen zubereiten. Für zwei macht es auch nicht mehr Mühe.«

Quinn zögerte. Es war, als hätte Auster seine Gedanken gelesen und erraten, was er sich am meisten wünschte – zu essen, einen Vorwand zu haben, noch eine Weile zu bleiben. »Ich sollte wirklich gehen«, sagte er. »Aber, ja, bitte gern. Eine kleine Mahlzeit würde nicht schaden.«

»Was sagen Sie zu einem Schinkenomelett?«

»Klingt gut.«

Auster ging in die Küche, um das Essen zuzubereiten. Quinn hätte sich gern erbötig gemacht, ihm zu helfen, aber er war außerstande, sich zu rühren, Sein Körper fühlte sich an wie ein Stein. Da ihm nichts anderes einfiel, schloß er die Augen. Früher hatte es ihn oft getröstet, die Welt verschwinden zu lassen. Diesmal fand Quinn jedoch nichts Interessantes in seinem Kopf. Es schien, daß da drinnen alles zum Stillstand gekommen war. Dann begann er aus der Dunkelheit eine Stimme zu hören, eine leiernde, idiotische Stimme, die immer und immer wieder denselben Satz sang: »Man kann kein Omelett machen, ohne Eier zu zerschlagen.« Er öffnete die Augen, um sie zum Schweigen zu bringen.

Er sah Brot und Butter, noch mehr Bier, Messer und Gabeln, Salz und Pfeffer, Servietten und Omeletts, zwei, die auf weißen Tellern schwitzten. Quinn aß gierig und verschlang die Mahlzeit in, wie es schien, Sekundenschnelle. Danach gab er sich große Mühe, ruhig zu sein. Tränen stiegen in ihm auf, und seine Stimme zitterte, als er sprach, aber irgendwie gelang es ihm, sich zu beherrschen. Um zu beweisen, daß er nicht ein nur mit seinen eigenen Gedanken beschäftigter undankbarer Mensch war, begann er Auster nach seinen literarischen Arbeiten zu fragen. Auster war ein wenig zurückhaltend, er gab schließlich zu, daß er an einer Sammlung von Essays arbeitete. Im Augenblick beschäftigte er sich mit dem *Don Quijote*.

»Eines meiner Lieblingsbücher«, sagte Quinn.

»Ja, meines auch. Es ist unvergleichlich.«

Quinn fragte ihn nach dem Essay.

»Ich denke, man könnte ihn rein spekulativ nennen, da ich nicht wirklich darauf aus bin, etwas zu beweisen. Es ist alles eher ironisch gemeint. Eine Phantasterei, könnte man vielleicht sagen.«

»Worum geht es im Grunde?«

»Hauptsächlich um die Urheberschaft des Buches. Wer es schrieb und wie es geschrieben wurde.«

»Gibt es da ein Problem?«

»Natürlich nicht. Aber ich meine das Buch in dem Buch, das Cervantes schrieb, das Buch, das er zu schreiben sich vorstellte.«

»Wie das?«

»Es ist ganz einfach. Cervantes gibt sich, wie Sie sich erinnern werden, die größte Mühe, den Leser davon zu überzeugen, daß er nicht der Autor ist. Das Buch, sagt er, wurde von Cid Hamete Benengeli in arabischer Sprache geschrieben. Cervantes schildert, wie er das Manuskript eines Tages zufällig auf dem Markt von Toledo entdeckt. Er beauftragt jemanden, es für ihn ins Spanische zu übersetzen, und stellt danach sich selbst nur noch als den Herausgeber der Übersetzung dar. Tatsächlich kann er nicht einmal für die Richtigkeit der Übersetzung bürgen.«

»Und dennoch«, fügte Quinn hinzu, »sagt er dann, daß die Fassung des Cid Hamete Benengeli die einzig wahre Version der Geschichte Don Quijotes ist. Alle anderen Versionen sind von Betrügern verfaßte Fälschungen. Er besteht mit allem Nachdruck darauf, daß alles, was im Buch steht, wirklich in der Welt geschehen ist.«

»Richtig. Denn schließlich prangert er mit dem Buch die Gefahren der Verstellung und Vorspiegelung an. Er konnte, um das zu tun, nicht gut ein Werk der Phantasie vorlegen, nicht wahr? Er mußte behaupten, daß es wirklich sei.«

»Ich habe trotzdem immer den Verdacht gehabt, daß Cervantes selbst diese alten Romane verschlang. Man kann etwas nicht so heftig hassen, ohne daß ein Teil von einem es auch liebt. In einem gewissen Sinne war Don Quijote nur sein Double.«

»Ich bin ganz Ihrer Meinung. Wie kann man einen Schriftsteller besser porträtieren, als daß man einen Mann zeigt, der von Büchern verhext ist.«

»Genau.«

»Jedenfalls, da das Buch die Wirklichkeit darstellen soll, muß die Geschichte von jemandem geschrieben werden, der Augenzeuge der darin geschilderten Ereignisse war. Aber Cid Hamete, der anerkannte Autor, tritt nie in Erscheinung. Nicht ein einziges Mal behauptet er, bei den Geschehnissen dabeigewesen zu sein. Meine Frage lautet daher: Wer ist Cid Hamete Benengeli?«

»Ich sehe, worauf Sie hinauswollen.«

»Die Theorie, die ich in meinem Essay aufstelle, lautet, daß er in Wirklichkeit eine Kombination von vier verschiedenen Personen darstellt. Der Augenzeuge ist natürlich Sancho Pansa. Es gibt keinen anderen Kandidaten, denn er ist der einzige, der Don Quijote bei allen seinen Abenteuern begleitet. Aber Sancho kann weder lesen noch schreiben. Daher kann er nicht der Autor sein. Andererseits wissen wir, daß Sancho eine große Sprachbegabung besitzt. Trotz seiner albernen Wortverdrehungen kann er jede andere Figur des Romans in Grund und Boden reden. Es erscheint mir durchaus möglich, daß er die Geschichte jemandem diktierte – nämlich dem Barbier und dem Pfarrer, den guten Freunden Don Quijotes. Sie brachten die Geschichte in die richtige literarische Form – in spanischer Sprache – und übergaben das Manuskript Simon Carasco, dem Junggesellen aus Salamanca, der es ins Arabische übersetzte. Cervantes fand die Übersetzung, ließ sie wieder ins Spanische übertragen und veröffentlichte dann das Buch *Leben und Taten des scharfsinnigen Edlen Don Quijote von La Mancha.*«

»Aber warum sollten sich Sancho und die anderen solche Mühe machen?«

»Um Don Quijote von seinem Wahn zu heilen. Sie wollen ihren Freund retten. Erinnern Sie sich, am Beginn verbrennen sie seine Ritterromane, aber das hat keine Wirkung. Der Ritter von der traurigen Gestalt läßt nicht von seiner Besessenheit ab. Dann, früher oder später, ziehen sie alle aus und suchen ihn in verschiedenen Verkleidungen – als Dame in Not, als der Spiegelritter, als der Ritter vom Weißen Mond –, um Don Quijote wieder nach Hause zu locken. Am Ende gelingt es ihnen ja auch. Das Buch war nur eine ihrer Listen. Es sollte Don Quijotes Wahnsinn einen Spiegel vorhalten, jede seiner absurden und lächerlichen Selbsttäuschungen aufzeichnen, so daß er schließlich, wenn er das Buch las, seine Irrtümer erkennen mußte.«

»Das gefällt mir.«

»Ja. Aber es gibt noch eine letzte überraschende Wendung. Don Quijote war meiner Meinung nach nicht wirklich wahnsinnig. Er tat nur so. In Wirklichkeit hat er selbst das Ganze inszeniert. Erinnern Sie sich: Im ganzen Buch beschäftigt Don Quijote die Frage der Nachwelt. Immer wieder fragt er sich, wie genau sein Chronist seine Abenteuer aufzeichnen wird. Das setzt ein Wissen seinerseits voraus. Er weiß schon von vornherein, daß dieser Chronist existiert. Und wer anders könnte das sein als Sancho Pansa, der treue Knappe, den Don Quijote zu genau diesem Zweck ausgesucht hat? Ebenso wählt er die drei anderen aus, damit sie die ihnen zugedachten Rollen spielten. Don Quijote organisierte das Benengeli-Quartett. Und er suchte nicht nur die Autoren aus; wahrscheinlich übersetzte er selbst das arabische Manuskript wieder ins Spanische. Wir sollten ihm das ohne weiteres zutrauen. Denn für einen Mann, der so geschickt war in der Kunst der Verstellung, kann es nicht schwer gewesen sein, seine Haut zu schwärzen und Maurenkleidung anzulegen. Ich stelle mir gern die Szene auf dem Marktplatz von Toledo vor. Cervantes beauftragt Don Quijote, die Geschichte von Don Quijote zu entziffern. Darin steckt große Schönheit.«

»Aber Sie haben noch nicht erklärt, warum ein Mann wie Don Quijote sein geruhsames Leben aufgeben sollte, um einen so komplizierten Schwindel zu inszenieren.«

»Das ist das Interessanteste von allem. Meiner Meinung nach stellte Don Quijote ein Experiment an. Er wollte die Leichtgläubigkeit seiner Mitmenschen auf die Probe stellen. Wäre es möglich, fragte er sich, vor die Welt hinzutreten und mit tiefster Überzeugung Lügen und Unsinn auszuspucken? Zu sagen, daß Windmühlen Riesen seien, ein Barbierbecken für einen Helm auszugeben und Puppen für wirkliche Menschen? Wäre es möglich, andere dazu zu überreden, ihm zuzustimmen, selbst wenn sie ihm nicht glaubten? Mit anderen Worten, in welchem Grade würden die Menschen Blasphemien hinnehmen, solange sie ihnen Unterhaltung verschafften? Die Antwort liegt auf der Hand, nicht wahr? In jedem beliebigen Grade. Der Beweis ist, daß wir das Buch noch immer lesen. Es ist für uns immer noch unterhaltsam. Und das ist schließlich alles, was man von einem Buch verlangt – daß es einen unterhält.«

Auster lehnte sich auf dem Sofa zurück, lächelte mit einem gewissen ironischen Vergnügen und zündete sich eine Zigarette an. Der Mann amüsierte sich offenbar, aber die Besonderheit seines Vergnügens entging Quinn. Es schien eine Art von lautlosem Gelächter zu sein, ein Witz, der kurz vor der Pointe endete, eine allgemeine Fröhlichkeit, die kein Motiv hatte. Quinn wollte etwas zu Austers Theorie sagen, aber er hatte keine Gelegenheit mehr dazu. Als er eben den Mund öffnete, um zu sprechen, wurde er von dem Klirren von Schlüsseln an der Wohnungstür, dem Öffnen und Zuschlagen der Tür und lauten Stimmen unterbrochen. Auster blickte bei diesen Geräuschen rasch auf. Er erhob sich vom Sofa, entschuldigte sich bei Quinn und ging zur Tür.

Quinn hörte Gelächter im Flur, zuerst das einer Frau, dann das eines Kindes – ein hohes und ein höheres, ein Stakkato von klingendem Schrapnell –, und dann den dröhnenden Baß von Austers Auflachen. Das Kind sagte: »Schau, Papa, was ich gefunden habe!« Und dann erklärte die Frau, daß es auf der Straße gelegen hatte – und warum auch nicht, es schien völlig in Ordnung zu sein. Einen Augenblick später hörte er, wie das Kind durch den Flur auf ihn zulief. Es stürzte ins Wohnzimmer, sah Quinn und blieb auf der Stelle stehen. Es war ein blonder Junge von fünf oder sechs Jahren.

»Guten Tag«, sagte Quinn.

Der Junge, der sich rasch in seine Schüchternheit zurückzog, brachte nur ein schwaches »Hallo« zustande. In der linken Hand hielt er einen roten Gegenstand, den Quinn nicht identifizieren konnte. Er fragte den Jungen, was das sei.

»Ein Jo-Jo«, antwortete er und öffnete die Hand, um es ihm zu zeigen. »Ich habe es auf der Straße gefunden.«

»Funktioniert es?«

Der Junge zuckte pantomimenhaft übertrieben die Schultern. »Weiß nicht. Siri wird nicht damit fertig, und ich weiß nicht, wie es geht.«

Quinn fragte, ob er es versuchen dürfe, und der Junge ging auf ihn zu und drückte es ihm in die Hand. Während er das Jo-Jo untersuchte, hörte er das Kind, das jede seiner Bewegungen beobachtete, neben sich atmen. Das Jo-Jo war aus Plastik und sah so ähnlich aus wie die, mit denen er vor Jahren gespielt hatte, aber irgendwie war es komplizierter, ein Produkt des Weltraumzeitalters. Quinn streifte die Schlinge am Ende der Schnur über seinen Mittelfinger, stand auf und probierte es. Das Jo-Jo gab einen flötenartigen Ton von sich, als es sich abspulte, und im Gehäuse sprühten Funken. Der Junge hielt den Atem an, aber dann stand das Jo-Jo still und baumelte am Ende der Schnur.

»Ein großer Philosoph«, murmelte Quinn, »sagte einmal, daß aufwärts und abwärts ein und dasselbe sind.«

»Aber Sie haben es nicht raufkommen lassen«, sagte der Junge. »Es ging nur runter.«

»Man muß es eben immer wieder versuchen.«

Quinn wickelte die Schnur wieder auf, um es noch einmal zu probieren, als Auster und seine Frau ins Zimmer traten. Er blickte auf und sah zuerst die Frau. Dieser eine kurze Augenblick reichte aus, um ihn innerlich aufzuwühlen. Sie war eine große, schlanke Blondine, strahlend schön, von einer Energie und einem Glück, die alles um sie her unsichtbar zu machen schienen. Es war zuviel für Quinn. Ihm war zumute, als wolle ihn Auster mit allem verhöhnen, was er selbst verloren hatte, und er reagierte mit Neid und Zorn und einem quälenden Selbstmitleid. Ja, auch er würde gern seine Frau und sein Kind haben, den ganzen Tag herumsitzen und von alten Büchern schwatzen, umgeben von Jo-Jos und Schinkenomeletts und Füllfederhaltern. Er betete im Stillen um Erlösung.

Auster bemerkte das Jo-Jo in seiner Hand und sagte: »Ich sehe, ihr habt euch schon kennengelernt. Daniel«, sagte er zu dem Jungen, »das ist Daniel.« Dann zu Quinn mit demselben ironischen Lächeln: »Daniel, das ist Daniel.«

Der Junge lachte auf und sagte: »Alle sind Daniel.«

»Richtig«, sagte Quinn. »Ich bin du, und du bist ich.«

»Und so geht's herum und herum«, rief der Junge, breitete die Arme aus und drehte sich durch das Zimmer wie ein Kreisel.

»Und das«, sagte Auster und wandte sich der Frau zu, »das ist meine Frau, Siri.«

Die Frau lächelte ihr Lächeln und sagte, es freue sie, Quinn kennenzulernen, so als meinte sie es wirklich, und dann streckte sie ihm die Hand entgegen. Er schüttelte sie, spürte die unheimliche Schlankheit ihrer Knochen und fragte sie, ob ihr Name norwegisch sei.

»Das wissen nicht viele«, sagte sie.

»Kommen Sie aus Norwegen?«

»Indirekt«, sagte sie. »Über Northfield, Minnesota.« Und dann lachte sie ihr Lachen, und Quinn fühlte, wie wieder ein Stück von ihm zusammenbrach.

»Ich weiß, das kommt ein bißchen plötzlich«, sagte Auster, »aber wenn Sie Zeit haben, bleiben Sie doch und essen Sie mit uns zu Abend.«

»O nein«, sagte Quinn und beherrschte sich mit Mühe. »Das ist sehr freundlich, aber ich muß jetzt wirklich gehen. Ich habe mich schon verspätet.«

Mit einer letzten Anstrengung lächelte er Austers Frau zu und winkte dem Jungen Lebewohl. »Mach's gut, Daniel«, sagte er und ging zur Tür.

Der Junge sah ihm quer durchs Zimmer nach und lachte wieder. »Auf Wiedersehen, ich selber!« sagte er.

Auster brachte ihn zur Wohnungstür. Er sagte: »Ich rufe Sie an, sobald das mit dem Scheck in Ordnung geht. Stehen Sie im Telefonbuch?«

»Ja«, sagte Quinn, »und ich bin der einzige.«

»Wenn Sie mich irgendwie brauchen können, rufen Sie einfach an«, sagte Auster. »Ich helfe Ihnen gern.«

Auster reichte ihm die Hand, und Quinn merkte, daß er noch immer das Jo-Jo hielt. Er drückte es Auster in die rechte Hand, klopfte ihm leicht auf die Schulter und ging.

11

Quinn war nun nirgendwo. Er hatte nichts, er wußte nichts, er wußte, daß er nichts wußte. Er war nicht nur zum Anfang zurückgeschickt worden, er stand noch vor dem Anfang und so weit vor dem Anfang, daß es schlimmer war als irgendein Ende, das er sich vorzustellen vermochte.

Auf seiner Uhr war es beinahe sechs. Quinn ging auf demselben Weg nach Hause, auf dem er gekommen war, und verlängerte seine Schritte mit jedem neuen Häuserblock. Als er in seiner Straße ankam, rannte er bereits. Heute ist der zweite Juni, sagte er sich. Versuche, dir das zu merken. Dies ist New York, und morgen ist der dritte Juni. Wenn alles gut geht, ist der darauffolgende Tag der vierte. Aber nichts ist gewiß.

Die Zeit, Virginia Stillman anzurufen, war längst vorüber, und er überlegte hin und her, ob er sie noch anrufen sollte oder nicht. Wäre es möglich, sie einfach zu ignorieren? Konnte er nun alles aufgeben, einfach so? Ja, sagte er sich, es ist möglich. Er konnte den Fall vergessen, zu seiner Routine zurückkehren, ein neues Buch schreiben. Er konnte verreisen, wenn er wollte, sogar das Land für eine Weile verlassen. Er konnte, zum Beispiel, nach Paris fliegen. Ja, das war möglich. Aber jeder Ort wäre gut genug, dachte er, jeder beliebige Ort.

Er setzte sich in sein Wohnzimmer und betrachtete die Wände. Sie waren einmal weiß gewesen, erinnerte er sich, aber nun hatten sie eine merkwürdige gelbe Tönung angenommen. Vielleicht würden sie eines Tages noch weiter der Verschmutzung anheimfallen und grau werden, vielleicht sogar braun wie eine verwesende Frucht. Eine weiße Wand wird eine gelbe Wand, wird eine graue Wand, sagte er zu sich selbst. Die Farbe ist eines Tages erschöpft, die Stadt kriecht herein mit ihrem Ruß, der Gips bröckelt ab. Veränderungen und noch mehr Veränderungen.

Er rauchte eine Zigarette und dann noch eine und noch eine. Er betrachtete seine Hände, sah, daß sie schmutzig waren, und stand auf, um sie zu waschen. Im Badezimmer, während das Wasser ins Becken rann, beschloß er, sich auch zu rasieren. Er seifte sich das Gesicht ein, nahm eine saubere Klinge und begann, seinen Bart abzuschaben. Aus irgendeinem Grund fand er es unangenehm, in den Spiegel zu sehen, und er versuchte, seinem eigenen Blick auszuweichen. Du wirst alt, sagte er zu sich selbst. Du wirst ein alter Furz. Dann ging er in die Küche, aß eine Schüssel Cornflakes und rauchte wieder eine Zigarette.

Es war nun sieben Uhr. Wieder überlegte er, ob er Virginia Stillman anrufen sollte. Als er sich die Frage durch den Kopf gehen ließ, fiel ihm auf, daß er keine Meinung mehr hatte. Er sah, was für den Anruf sprach, und gleichzeitig sah er, was dagegen sprach. Zuletzt gab die Höflichkeit den Ausschlag. Es wäre nicht fair zu verschwinden, ohne sie vorher zu benachrichtigen. Danach wäre es vollkommen akzeptabel. Solange man den Leuten sagt, was man tut, argumentierte er, ist alles egal. Man hat dann die Freiheit zu tun, was man will.

Die Nummer war jedoch besetzt. Er wartete fünf Minuten und wählte noch einmal. Wieder war die Nummer besetzt. Die nächste Stunde verging damit, daß Quinn abwechselnd wartete und wählte, immer mit dem gleichen Ergebnis. Schließlich rief er den Telefondienst an und fragte, ob das Telefon gestört sei. Man werde ihm eine Gebühr von dreißig Cent anrechnen, sagte man ihm. Dann knackte es in den Leitungen, man hörte, wie gewählt wurde, man hörte Stimmen. Quinn versuchte sich vorzustellen, wie die Telefonistinnen aussahen. Dann sprach die erste Frau wieder zu ihm: Die Nummer war besetzt.

Quinn wußte nicht, was er denken sollte. Es gab so viele Möglichkeiten, daß er nicht einmal wußte, wo er anfangen sollte. Stillman? Lag der Hörer neben dem Apparat? Oder telefonierte jemand ganz anderer?

Er schaltete den Fernsehapparat ein und sah sich die ersten beiden Durchgänge des Spiels der Mets an. Dann wählte er noch einmal. Dasselbe. St. Louis holte sich Punkte durch ein Mal nach vier schlechten Würfen, ein gestohlenes Mal, ein Aus im Innenfeld und einen Aufopferungsball. Die Mets glichen in ihrer Hälfte des Durchgangs durch einen Doppellauf Wilsons und einen Single Youngbloods aus. Quinn stellte fest, daß es ihm gleichgültig war. Eine Bierwerbung wurde eingeschoben, und er schaltete den Ton ab. Zum zwanzigsten Mal versuchte er, Virginia Stillman zu erreichen, und zum zwanzigsten Mal passierte dasselbe. Zu Beginn des vierten Durchgangs brachte St. Louis fünf Läufe durch, und Quinn schaltete auch das Bild ab. Er fand sein rotes Notizbuch, setzte sich an den Schreibtisch und schrieb während der nächsten zwei Stunden ohne Unterbrechung. Er machte sich nicht die Mühe, noch einmal zu lesen, was er geschrieben hatte. Dann rief er Virginia Stillman an und hörte wieder das Besetztzeichen. Er warf den Hörer so heftig auf die Gabel, daß das Plastik knackte. Als er noch einmal anzurufen versuchte, war die Leitung tot. Er stand auf, ging in die Küche und machte sich noch eine Schüssel Cornflakes. Dann legte er sich schlafen.

In seinem Traum, den er später vergaß, ging er den Broadway hinunter und hielt Austers Sohn an der Hand.

Quinn verbrachte den folgenden Tag auf den Beinen. Er begann früh, kurz nach acht Uhr, und überlegte nicht, wohin er ging. Es ergab sich, daß er an diesem Tag viele Dinge sah, die er zuvor nie bemerkt hatte.

Alle zwanzig Minuten ging er in eine Telefonzelle und rief Virginia Stillman an. Wie es am Abend zuvor gewesen war, so war es auch an diesem Tag. Aber nun erwartete Quinn, daß die Nummer besetzt war. Es machte ihm nichts mehr aus. Das Besetztzeichen war ein Kontrapunkt zu seinen Schritten geworden, ein Metronom, das in den zufälligen Geräuschen der Stadt einen stetigen Takt schlug. Es lag ein Trost in dem Gedanken, daß der Ton für ihn da war, wann immer er die Nummer wählte, beständig in seiner Verneinung der Rede und der Möglichkeit der Rede, beharrlich wie das Schlagen eines Herzens. Virginia und Peter Stillman waren nun von ihm abgeschnitten. Er konnte sein Gewissen mit dem Gedanken beschwichtigen, daß er es immerhin noch versuchte. In was für eine Dunkelheit sie ihn auch führten, er hatte sie noch nicht verlassen.

Er ging den Broadway hinunter bis zur 72nd Street, wandte sich nach Osten zum Central Park West und ging weiter bis zur 59th Street und zur Kolumbus-Statue. Dort bog er wieder nach Osten ab und ging längs des Central Park South bis zur Madison Avenue und dann rechts stadteinwärts zur Grand Central Station. Nachdem er aufs Geratewohl einige Häuserblocks umkreist hatte, setzte er seinen Weg eine Meile weit nach Süden fort, kam zur Verbindung von Broadway und Fifth Avenue in der 23rd Street, blieb stehen und betrachtete das Flatiron Building, wechselte dann den Kurs und ging westwärts, bis er die Seventh Avenue erreichte, wo er nach links abbog und weiter auf die Innenstadt zuging. Am Sheridan Square wandte er sich wieder nach Osten, schlenderte den Waverly Place hinunter, überquerte die Sixth Avenue und setzte seinen Weg in Richtung Washington Square fort. Er ging unter dem Bogen durch und südwärts durch die Menschenmenge. Einen Augenblick blieb er stehen, um einem Jongleur

auf einem schlaffen Seil zuzusehen, das an einem Licht-
mast und an einem Baumstamm befestigt war. Dann verließ er den kleinen Park an der östlichen Ecke, ging durch
die Wohnanlage der Universität mit seinen kleinen Rasen-
flächen und wandte sich in der Houston Street nach rechts.
Am West Broadway machte er wieder eine Wendung, diesmal nach links, und ging weiter in Richtung Canal. Leicht
nach rechts abbiegend, ging er durch einen winzigen Park
und bog in die Varick Street ein, schlenderte an der Nummer 6 vorbei, wo er einmal gewohnt hatte, schlug dann
wieder einen westlichen Kurs ein und erreichte wieder den
West Broadway, wo die Varick Street einmündet. Der West
Broadway führte ihn zum World Trade Center, und er betrat die Halle eines der Türme, um Virginia zum dreizehn-
ten Mal an diesem Tag anzurufen. Quinn beschloß, etwas
zu essen. Er suchte eine der Schnellimbißstuben im Par-
terre auf und verzehrte langsam ein Sandwich, während
er etwas in sein rotes Notizbuch eintrug. Danach ging er
wieder nach Osten, wanderte durch die engen Straßen
des Finanzdistrikts und bog dann nach Süden ab, nach
Bowling Green, wo er das Wasser sah und die Möwen darüber, die schräg durch das Mittagslicht segelten. Einen Augenblick dachte er daran, die Fähre nach Staten Island zu
nehmen, aber dann überlegte er es sich anders und machte sich auf den Weg nach Norden. In der Fulton Street bog
er nach rechts ab und folgte dem Nord-Ost-Weg des East
Broadway, der durch das Miasma der Lower East Side und
dann hinauf in die Chinatown führt. Von dort aus fand er
die Bowery, die ihn bis zur 14th Street brachte. Er schlug
einen Haken nach links, ging diagonal über den Union
Square und weiter stadtauswärts längs der Park Avenue
South. In der 23rd Street ging er nach Norden, bog nach
einigen Häuserblocks wieder nach rechts ab, ging einen
Block weit nach Osten und dann eine Weile die Third Avenue hinauf. In der 32nd Street wandte er sich nach rechts,

kam zur Second Avenue, wandte sich nach links, ging drei Blocks stadtauswärts und bog ein letztes Mal nach rechts ab, worauf er in der First Avenue ankam. Dann ging er die restlichen sieben Häuserblocks zu den United Nations Headquarters und beschloß, eine kurze Rast einzulegen. Er setzte sich auf eine Steinbank auf der Plaza, atmete tief und genoss mit geschlossenen Augen die Luft und das Licht. Dann schlug er das rote Notizbuch auf, nahm den Kugelschreiber des Taubstummen aus der Tasche und begann mit einer neuen Seite.

Zum erstenmal, seitdem er das rote Notizbuch gekauft hatte, schrieb er an diesem Tag etwas, was nichts mit dem Fall Stillman zu tun hatte. Er konzentrierte sich vielmehr auf die Dinge, die er unterwegs gesehen hatte. Er dachte nicht darüber nach, was er tat, und ebensowenig analysierte er die möglichen Folgen dieser ungewöhnlichen Handlung. Er fühlte den Drang, gewisse Tatsachen aufzuzeichnen, und er wollte sie zu Papier bringen, bevor er sie vergaß.

»Heute wie nie zuvor: die Obdachlosen, die Heruntergekommenen, die Frauen mit den Einkaufstüten, die Ziellosen, die Betrunkenen. Von den lediglich Mittellosen bis zu den völlig Elenden und Gebrochenen. Wohin man sich wendet, sie sind da, in guten und in schlechten Vierteln.

Manche betteln mit einem Anschein von Stolz. Gebt mir dieses Geld, scheinen sie zu sagen, und ich werde bald einer der euren sein und hin und her eilen bei meinen täglichen Geschäften. Andere haben die Hoffnung aufgegeben, sich jemals wieder aufzurappeln. Sie liegen auf dem Gehsteig ausgestreckt mit ihrem Hut, ihrer Schale oder ihrer Schachtel, machen sich nicht einmal die Mühe, zu den Vorübergehenden aufzublicken, zu sehr geschlagen, um auch nur denen zu danken, die ihnen eine Münze hinwerfen. Andere wieder versuchen für das Geld, das man ihnen gibt, zu arbeiten: die blinden Bleistiftverkäufer, die Weinsäufer, die einem die Windschutzscheibe des Wagens waschen. Manche erzählen Geschichten, gewöhnlich tragische Schilderungen ihres eigenen Lebens, so als wollten sie ihren Wohltätern etwas für ihre Güte geben – und wären es nur Worte.

Andere haben echtes Talent. Der alte Schwarze heute zum Beispiel, der steppte, während er Zigaretten jonglierte – immer noch würdevoll, offensichtlich ein ehemaliger Varietékünstler, in einem purpurroten Anzug mit grünem Hemd und gelbem Schlips, der Mund in einem halbvergessenen Bühnenlächeln erstarrt. Dann gibt es die Pflastermaler und Musiker: Saxophonisten, Gitarristen, Geiger. Gelegentlich trifft man ein Genie, wie ich heute:

Ein Klarinettist unbestimmten Alters mit einem Hut, der sein Gesicht vollkommen verdunkelte, saß mit gekreuzten Beinen wie ein Schlangenbeschwörer auf dem Gehsteig. Direkt vor ihm standen zwei aufziehbare Affen, der eine mit einem Tamburin, der andere mit einer Trommel. Während der eine schüttelte und der andere schlug und beide seltsame, präzise Synkopen erzeugten, improvisierte der Mann endlose kleine Variationen auf seinem Instrument, sein Körper schaukelte steil vor und zurück und ahmte nachdrücklich den Rhythmus der Affen nach. Er spielte leicht und mit feinem Gespür lebhafte, verschlungene Figuren in Moll, so als wäre er glücklich, mit seinen mechanischen Freunden beisammen zu sein, eingeschlossen in dem Universum, das er geschaffen hatte.

Es ging weiter und weiter, letzten Endes immer dasselbe, und dennoch: Je länger ich zuhörte, desto schwerer fiel es mir, mich loszureißen.

Innerhalb dieser Musik sein, in den Kreis ihrer Wiederholungen gezogen werden: vielleicht ist das ein Ort, wo man zuletzt verschwinden könnte.

Aber Bettler und Künstler machen nur einen kleinen Teil der Vagabundenbevölkerung aus. Sie sind die Aristokraten, die Elite der Gefallenen. Weit zahlreicher sind diejenigen, die nichts zu tun haben, die nirgendwohin gehen können. Viele sind Säufer, aber dieser Ausdruck wird der Verheerung nicht gerecht, die sie verkörpern. Hüllen der Verzweiflung, in Lumpen gekleidet, ihre Gesichter blau geschlagen und blutend: sie schlurfen durch die Straßen wie in Ketten. Sie schlafen in Toreingängen, taumeln wie Verrückte durch den Verkehr, brechen auf Gehsteigen zusammen. Und sie scheinen überall zu sein, sooft man sich nach ihnen umsieht. Manche verhungern, andere erfrieren, wieder andere werden geschlagen oder verbrannt oder gefoltert.

Für jede Seele, die in dieser besonderen Hölle verloren ist, gibt es mehrere andere, die im Wahnsinn eingeschlossen leben – unfähig, in die Welt hinauszugehen, die an der Schwelle ihres Körpers beginnt. Obwohl sie da zu sein scheinen, können sie nicht als anwesend gezählt werden. Der Mann zum Beispiel, der immer zwei Trommelstöcke bei sich hat und mit ihnen einen verwegenen, unsinnigen Rhythmus auf das Pflaster trommelt, ungeschickt vornüber gebeugt, während er die Straße entlanggeht und auf den Beton schlägt und schlägt. Vielleicht glaubt er, eine wichtige Arbeit zu verrichten. Vielleicht würde, wenn er nicht tut, was er tut, die Stadt auseinanderfallen. Vielleicht würde der Mond aus seiner Bahn trudeln und auf die Erde stürzen. Es gibt welche, die mit sich selbst reden, die murmeln, schreien, fluchen, stöhnen, die sich selbst Geschichten erzählen, als hörte ihnen jemand zu. Der Mann, den ich heute sah: Er saß wie ein Haufen Abfall vor der Grand Central Station, die Menge strömte an ihm vorbei, und er sagte mit lauter, schreckerfüllter Stimme: ›Drittes Marineinfanteriekorps ... Bienen essen ... Die Bienen krabbeln aus meinem Mund.‹ Oder die Frau, die einem unsichtbaren Begleiter zurief: ›Und was, wenn ich nicht will! Was, wenn ich, verdammt noch mal, einfach nicht will!‹

Da sind die Frauen mit ihren Einkaufstüten und die Männer mit ihren Pappkartons, die ihre Habseligkeiten von einem Ort zum anderen tragen, immer unterwegs, als ob es von Bedeutung wäre, wo sie sind. Der Mann, der sich in eine amerikanische Flagge eingehüllt hat. Die Frau mit einer Halloween-Maske vor dem Gesicht. Der Mann in einem zerschlissenen Mantel, seine Schuhe sind in Fetzen gewickelt, aber er trägt ein tadellos gebügeltes Hemd auf einem Kleiderbügel, noch in der Plastikhülle der Reinigung. Der Mann in einem Straßenanzug, barfuß, einen Rugbyhelm auf dem Kopf. Die Frau, deren Kleidung von Kopf bis Fuß mit Ansteckplaketten vom Präsidentschaftswahlkampf bedeckt ist. Und da ist der Mann, der beim Gehen die Hände vors Gesicht hält, hysterisch weint und immer und immer wieder sagt: ›Nein, nein, nein. Er ist tot. Er ist nicht tot. Nein, nein, nein. Er ist tot. Er ist nicht tot.‹

Baudelaire: *Il me semble que je serais toujours bien là où je ne suis pas.* Mit anderen Worten: Mir scheint, daß ich immer dort glücklich wäre, wo ich nicht bin. Oder, gröber gesagt: Wo immer ich nicht bin, ist der Ort, wo ich ich selbst bin. Oder, um den Stier bei den Hörnern zu packen: überall außerhalb der Welt.«

Es war beinahe Abend. Quinn schloß das rote Notizbuch und steckte den Kugelschreiber in die Tasche. Er wollte ein wenig länger über das nachdenken, was er geschrieben hatte, stellte aber fest, daß er nicht dazu imstande war. Die Luft um ihn her war mild, beinahe süß, so als gehörte sie nicht mehr zur Stadt. Er stand von der Bank auf, streckte Arme und Beine und ging zu einer Telefonzelle, von wo aus er wieder Virginia Stillman anrief. Dann ging er zu Abend essen.

Im Restaurant wurde ihm bewußt, daß er eine Entscheidung getroffen hatte. Ohne daß er es gewußt hatte, war die Antwort schon da, fertig geformt in seinem Kopf. Das Besetztzeichen, erkannte er nun, war nichts Willkürliches. Es war ein Signal und sagte ihm, daß er seine Verbindung mit dem Fall noch nicht abbrechen konnte, selbst wenn er es gewollt hätte. Er hatte versucht, mit Virginia Stillman zu sprechen, um ihr zu sagen, daß er am Ende angelangt war, aber das Schicksal hatte es nicht zugelassen. Quinn dachte einen Augenblick darüber nach. War »Schicksal« wirklich das Wort, das er gebrauchen wollte? Es erschien ihm so gewichtig und altmodisch. Und dennoch, als er es gründlich untersuchte, entdeckte er, daß er genau das hatte sagen wollen. Oder wenn es schon nicht genau das war, so war der Ausdruck doch treffender als jeder andere, der ihm einfiel. Schicksal im Sinne von »was war«, was zufällig war. Es war so etwas wie das Wort »es« in dem Satz »es regnet« oder »es ist Nacht«. Worauf sich dieses »Es« bezog, hatte Quinn nie gewußt. Vielleicht war es eine verallgemeinerte Beschaffenheit der Dinge, wie sie sind, der Zustand der Es-heit, welcher der Boden ist, auf dem die Geschehnisse der Welt stattfanden. Eindeutiger konnte er es nicht ausdrücken. Aber vielleicht suchte er nicht wirklich etwas Eindeutiges.

Es war also das Schicksal. Was immer er davon hielt, wie sehr er es sich auch anders wünschte, es gab nichts, was er dagegen tun konnte. Er hatte ja zu einem Vorschlag gesagt, und nun hatte er nicht die Macht, dieses Ja zu widerrufen. Das bedeutete nur eines: Er mußte bis zum Ende durchhalten. Es konnte keine zwei Antworten geben. Es war entweder das eine oder das andere. Und so war es, ob es ihm gefiel oder nicht.

Die Sache mit Auster war offensichtlich ein Irrtum. Vielleicht hatte es einmal einen Privatdetektiv dieses Namens in New York gegeben. Der Mann von Peters Pflegerin war ein pensionierter Polizeibeamter – also nicht mehr jung. Zu seiner Zeit hatte es zweifellos einen Auster mit einem guten Ruf gegeben, und an ihn hatte er natürlich gedacht, als er aufgefordert wurde, einen Privatdetektiv ausfindig zu machen. Er hatte im Telefonbuch nachgesehen, nur einen Mann dieses Namens gefunden und angenommen, es sei der richtige. Dann hatte er die Nummer den Stillmans gegeben. In diesem Augenblick passierte der zweite Irrtum. Es gab eine Störung in den Leitungen, und irgendwie war seine Nummer mit der Austers durcheinandergeraten. So etwas kam jeden Tag vor. Und so hatte er den Anruf erhalten – der ohnehin für den falschen Mann bestimmt war. Das alles war vollkommen sinnvoll.

Blieb noch ein Problem. Wenn er nicht mit Virginia Stillman in Verbindung treten konnte – wenn er, wie er glaubte, *keine* Verbindung mit ihr aufnehmen sollte –, wie hatte er dann vorzugehen? Seine Aufgabe war es, Peter zu beschützen, dafür zu sorgen, daß ihm nichts geschah. Spielte es eine Rolle, was Virginia Stillman glaubte, daß er tat, solange er tat, was von ihm erwartet wurde? Im Idealfall sollte ein Detektiv ständig in Verbindung mit seinem Auftraggeber bleiben. Das war immer einer der Grundsätze Max Works gewesen. Aber war es wirklich notwendig? Wenn es irgendwelche Mißverständnisse gab, konnten sie gewiß aufgeklärt werden, sobald der Fall abgeschlossen war.

Er konnte also vorgehen, wie er wollte. Er brauchte Virginia Stillman nicht mehr anzurufen. Er konnte ein für allemal auf das orakelhafte Besetztzeichen verzichten. Von nun an war er nicht mehr aufzuhalten. Es sollte Stillman unmöglich sein, in Peters Nähe zu kommen, ohne daß es Quinn wußte.

Quinn zahlte seine Rechnung, steckte sich einen Zahnstocher mit Mentholgeschmack in den Mund und machte sich wieder auf den Weg. Er brauchte nicht weit zu gehen. Vor einer »Citibank«, die vierundzwanzig Stunden in Betrieb war, ließ er sich vom Automaten einen Kontoauszug geben. Er hatte noch 349 Dollar, hob 300 ab, steckte das Geld in die Tasche und ging weiter in Richtung des oberen Stadtteils. An der 57th Street wandte er sich nach links und ging zur Park Avenue. Dort bog er nach rechts ab und ging nach Norden bis zur 69th Street, und dort wandte er sich dem Block der Stillmans zu. Das Gebäude sah aus wie beim erstenmal. Er blickte nach oben, um zu sehen, ob in der Wohnung Licht brannte, aber er konnte sich nicht erinnern, welche Fenster ihnen gehörten. Die Straße war völlig still. Keine Wagen fuhren, keine Passanten kamen vorbei. Quinn ging auf die andere Straßenseite hinüber, fand einen Platz für sich in einer engen Gasse und richtete sich dort für die Nacht ein.

12

Eine lange Zeit verging. Wie lange sie genau war, läßt sich unmöglich sagen. Sicherlich Wochen, aber vielleicht sogar Monate. Der Bericht über diese Periode ist weniger vollständig, als es der Autor gern hätte. Aber die Informationen sind nun einmal knapp, und er zog es vor, schweigend zu übergehen, was nicht eindeutig bestätigt werden konnte. Da sich diese Geschichte voll und ganz auf Tatsachen gründet, hält es der Autor für seine Pflicht, die Grenzen des Nachprüfbaren nicht zu überschreiten und den Gefahren der Erfindung um jeden Preis auszuweichen. Sogar das rote Notizbuch, das bisher einen ausführlichen Bericht über Quinns Erlebnisse lieferte, ist suspekt. Wir können nicht mit Gewißheit sagen, was mit Quinn während dieser Zeit geschah, denn gerade an diesem Punkt in der Geschichte begann er die Herrschaft über sich zu verlieren.

Er blieb die meiste Zeit in der Gasse. Sein Platz war nicht unbequem, sobald er sich einmal an ihn gewöhnt hatte, und er hatte den Vorteil, gut vor allen Blicken verborgen zu sein. Von dort aus konnte er das Kommen und Gehen im Hause der Stillmans beobachten. Niemand kam heraus oder ging hinein, ohne daß er sah, wer es war. Anfangs überraschte es ihn, daß er weder Virginia noch Peter sah. Aber viele Lieferanten kamen und gingen ständig, und schließlich wurde ihm klar, daß die beiden das Gebäude nicht zu verlassen brauchten. Sie konnten sich alles bringen lassen. Und dann begriff Quinn, daß auch sie sich verkrochen und in ihrer Wohnung das Ende des Falles abwarteten.

Nach und nach paßte sich Quinn seiner neuen Lebensweise an. Es gab eine Reihe von Problemen, aber es gelang ihm, sie nacheinander zu lösen. Als erstes kam die Frage der Ernährung. Da äußerste Wachsamkeit von ihm gefordert wurde, zögerte er, seinen Posten längere Zeit zu verlassen. Der Gedanke, daß in seiner Abwesenheit etwas geschehen könnte, quälte ihn, und er gab sich die größte Mühe, die Gefahr zu verringern. Er hatte irgendwo gelesen, daß zwischen 3.30 Uhr und 4.30 Uhr morgens mehr Menschen in ihren Betten liegen und schlafen als zu jeder anderen Zeit. Statistisch gesehen waren die Chancen, daß um diese Zeit nichts geschah, am besten, und daher erledigte Quinn in dieser Stunde seine Einkäufe. In der Lexington Avenue nicht weit im Norden hatte ein Lebensmittelgeschäft die ganze Nacht offen, und jeden Morgen um 3.30 Uhr ging Quinn in raschem Tempo (der körperlichen Bewegung wegen und auch, um Zeit zu sparen) dorthin und kaufte, was er in den nächsten vierundzwanzig Stunden an Lebensmitteln brauchte. Es zeigte sich, daß das nicht viel war, und mit der Zeit brauchte er immer weniger. Denn Quinn machte die Erfahrung, daß Essen nicht notwendigerweise das Ernährungsproblem löst. Eine Mahlzeit war nur eine schwache Verteidigung gegen die Unvermeidlichkeit der nächsten Mahlzeit. Nahrung selbst konnte nie das Problem der Nahrung lösen; sie zögerte nur den Augenblick hinaus, in dem die Frage ernstlich gestellt werden mußte. Die größte Gefahr bestand daher darin, zuviel zu essen. Nahm er mehr zu sich, als er sollte, steigerte sich sein Appetit auf die nächste Mahlzeit, und es war mehr Nahrung nötig, um ihn zu befriedigen. Indem er sich ständig sorgfältig beobachtete, war Quinn imstande, den Prozeß umzukehren. Es war sein Ehrgeiz, so wenig wie möglich zu essen und dadurch den Hunger abzuwehren. In der besten aller Welten wäre es ihm vielleicht gelungen, den absoluten Nullpunkt zu erreichen, aber er wollte unter den gegenwärtigen Umständen nicht allzu ehrgeizig sein. Im Geiste sah er das totale Fasten als ein Ideal an, als einen Zustand der Vollkommenheit, den er anstreben, aber nie erreichen konnte. Er wollte nicht verhungern – und daran erinnerte er sich selbst jeden Tag –, sondern nur frei sein, um an die Dinge zu denken, die ihn wirklich etwas angingen. Für den Augenblick bedeutete das, daß er sich vor allem mit dem Fall beschäftigen mußte. Zum Glück ließ sich das mit seinem anderen Ehrgeiz vereinen, mit den dreihundert Dollar so lange wie möglich auszukommen. Es versteht sich von selbst, daß Quinn während dieser Zeit stark abmagerte.

Sein zweites Problem war der Schlaf. Er konnte nicht immerzu wach bleiben, aber eben das erforderte die Situation von ihm. Auch hier mußte er gewisse Konzessionen machen. Wie in bezug auf das Essen hatte Quinn das Gefühl, daß er mit weniger auskommen konnte, als er gewohnt war. Statt der sechs bis acht Stunden Schlaf, die er sich sonst gönnte, beschloß er, sich auf drei oder vier zu beschränken. Die Umstellung fiel ihm schwer, aber noch viel schwieriger war das Problem, wie er diese Stunden so verteilen sollte, daß die größtmögliche Wachsamkeit gewährleistet war. Offensichtlich durfte er nicht vier Stunden hintereinander durchschlafen. Das Risiko war zu groß. Theoretisch wäre es am wirksamsten gewesen, alle fünf oder sechs Minuten dreißig Sekunden lang zu schlafen. Das hätte die Gefahr, etwas zu versäumen, auf praktisch Null reduziert, Aber er sah ein, daß dies physisch unmöglich war. Indem er aber diese Unmöglichkeit als eine Art Modell zugrunde legte, versuchte er sich darin zu üben, eine Reihe von kurzen Nickerchen zu machen und sooft wie möglich zwischen Schlafen und Wachen hin und her zu wechseln. Es war ein langer Kampf, der Disziplin und Konzentration erforderte, und je länger das Experiment dauerte, desto erschöpfter war er. Am Anfang ver-

suchte er es mit Sequenzen von jeweils fünfundvierzig
Minuten, die er allmählich auf dreißig Minuten reduzierte. Zuletzt gelang es ihm mit recht gutem Erfolg, immer
nur eine Viertelstunde zu schlafen. Eine Kirche in der Nähe half ihm bei seinen Bemühungen. Ihre Glocken schlugen alle fünfzehn Minuten – einmal für die Viertelstunde,
zweimal für die halbe Stunde, dreimal für die Dreiviertelstunde und viermal für die volle Stunde, worauf noch die
Schläge folgten, welche die Zeit anzeigten. Quinn lebte
nach dem Rhythmus dieser Uhr, und zuletzt konnte er ihn
kaum noch von seinem eigenen Puls unterscheiden. Um
Mitternacht begann seine allnächtliche Routine. Er schloß
die Augen und schlief ein, bevor die Uhr zwölf geschlagen hatte. Fünfzehn Minuten später wachte er auf, wenn
die halbe Stunde schlug, schlief er wieder ein, und bei den
Schlägen der Dreiviertelstunde wachte er wieder auf. Um
drei Uhr dreißig ging er sein Essen holen, um vier Uhr war
er zurück und schlief dann wieder. Er träumte während
dieser Zeit wenig, und wenn, waren seine Träume sonderbar: kurze Visionen des Unmittelbaren – seine Hände, seine Schuhe, die Ziegelmauer neben ihm. Und es gab auch
keinen Augenblick, in dem er nicht todmüde war.

Sein drittes Problem war der Schutz vor der Witterung,
aber es ließ sich leichter lösen als die beiden anderen. Zum
Glück blieb das Wetter warm, und als der Spätfrühling
in den Sommer überging, regnete es nur wenig. Ab und
zu gab es einen Schauer und ein- oder zweimal ein Ge-
witter mit Donner und Blitz, aber alles in allem war das
Wetter nicht schlecht, und Quinn hörte nie auf, für sein
Glück zu danken. Weiter hinten in der Gasse stand eine
große Blechtonne für Abfälle, und wenn es nachts regnete, stieg Quinn hinein, um trocken zu bleiben. Der Geruch
in der Tonne war überwältigend, und er brachte ihn tagelang nicht aus seinen Kleidern heraus, aber Quinn zog ihn
dem Naßwerden vor, denn er wollte nicht das Risiko ein-

gehen, sich zu erkälten oder krank zu werden. Zum Glück war der Deckel verbogen und paßte nicht mehr ganz auf die Tonne. In einer Ecke klaffte ein Spalt von fünfzehn oder zwanzig Zentimetern, eine Art Luftloch, durch das Quinn die Nase in die Nacht hinausstecken und atmen konnte. Wenn er auf den Abfällen kniete und den Oberkörper gegen die Wand der Tonne lehnte, fand er seine Lage gar nicht so unbequem.

In klaren Nächten schlief er unter der Tonne und legte seinen Kopf so, daß er den Vordereingang des Hauses der Stillmans sehen konnte, sobald er die Augen öffnete. Seine Blase entleerte er gewöhnlich in einer fernen Ecke der Gasse hinter der Mülltonne, mit dem Rücken zur Straße. Die Eingeweide waren eine andere Angelegenheit, und er stieg gewöhnlich in die Tonne, um nicht gesehen zu werden. Neben der Tonne standen noch einige Plastikmülleimer, und in einem davon fand Quinn meistens eine Zeitung, mit der er sich abputzen konnte. Einmal allerdings war er in einem dringenden Fall gezwungen, ein Blatt aus seinem Notizbuch zu nehmen. Was das Waschen und Rasieren anbetraf, so gehörten sie zu den Dingen, auf die Quinn zu verzichten gelernt hatte.

Wie es ihm während dieser Zeit gelang, verborgen zu bleiben, ist ein Geheimnis. Aber es scheint, daß ihn niemand entdeckte und niemand die Behörden auf seine Anwesenheit aufmerksam machte. Zweifellos durchschaute er rasch den Zeitplan der Müllabfuhr und verschwand aus der Gasse, wenn sie kam. Das gleiche galt für den Hausmeister, der jeden Abend die Abfälle in die Tonne und in die Eimer leerte. So ungewöhnlich es scheinen mag – niemand bemerkte jemals Quinn. Er war gleichsam mit den Mauern der Stadt verschmolzen.

Die Probleme der Haushaltung und des materiellen Lebens beanspruchten einen gewissen Teil des Tages. Meistens hatte Quinn jedoch reichlich Zeit. Da er nicht wollte, daß ihn jemand sah, mußte er anderen Menschen so planvoll wie nur möglich ausweichen. Er konnte sie nicht ansehen, er konnte nicht mit ihnen sprechen, er konnte nicht über sie nachdenken. Quinn hatte sich immer für einen Mann gehalten, der gern allein war. In den letzten fünf Jahren hatte er das Alleinsein auch absichtlich gesucht. Aber erst jetzt, als sein Leben in der Gasse weiter und weiter ging, begann er das wahre Wesen der Einsamkeit zu verstehen. Er konnte auf nichts anderes mehr zurückfallen als auf sich selbst. Und von allen Dingen, die er während der Tage dort entdeckte, war dies das eine, das er nicht anzweifelte: daß er fiel. Was er jedoch nicht verstand, war dies: Wie konnte man, da er doch fiel, von ihm erwarten, daß er sich ebenso auch wieder fing? War es möglich, zugleich oben und unten zu sein?

Viele Stunden verbrachte er damit, zum Himmel hinaufzusehen. In seiner Lage hinten in der Gasse, eingeklemmt zwischen Mülltonne und Mauer, gab es wenig anderes zu sehen, und als die Tage vergingen, begann er an der Welt über ihm Gefallen zu finden. Er sah vor allem, daß der Himmel nie ruhig war. Auch an wolkenlosen Tagen, wenn überall nur das Blau zu herrschen schien, gab es ständig kleine Veränderungen, leichte Störungen, und der Himmel wurde flacher und tiefer, und es tauchte die plötzliche Weiße von Flugzeugen, Vögeln und fliegenden Papierfetzen auf. Wolken machten das Bild komplizierter, und Quinn verbrachte viele Nachmittage damit, sie zu studieren, zu versuchen, ihre Art, ihr Wesen zu begreifen, zu sehen, ob er nicht voraussagen konnte, was mit ihnen geschehen werde. Er machte sich vertraut mit den Zirrus-, Kumulus-, Stratus- und Nimbostratus-Wolken und all ihren Kombinationen, wartete auf jede Form und sah, wie sich der Himmel unter ihrem Einfluß veränderte. Mit den Wolken kam auch die Farbe, und er hatte sich mit einer weiten Skala von Schwarz bis Weiß und einer Unendlich-

keit grauer Zwischentöne zu beschäftigen. All das mußte
erforscht, gemessen und entziffert werden. Dazu kamen
die Pastelltöne, die entstanden, sooft zu gewissen Tages-
zeiten die Sonnenstrahlen die Wolken trafen. Das Spek-
trum der Variablen war ungeheuer, und das Ergebnis hing
jeweils von den Temperaturen der verschiedenen Schich-
ten der Atmosphäre, dem Typus der am Himmel vorhan-
denen Wolken und dem Stand der Sonne in einem gegebenen Augenblick ab. Aus all dem ergaben sich das Rot und
das Rosa, die Quinn so sehr liebte, der Purpur und der
Zinnober, das Orange und der Lavendel, das Gold und die
federförmigen Persimonen. Nichts dauerte lange. Die Farben zerflossen bald, vermischten sich mit anderen, zogen
weiter oder verblaßten, wenn die Nacht erschien. Beinahe
immer wehte ein Wind, der diese Vorgänge beschleunigte.
Dort, wo er in der Gasse saß, konnte Quinn ihn nur selten spüren, aber indem er seine Wirkung auf die Wolken
beobachtete, vermochte er seine Stärke und die Art der
Luft, die er bewegte, abzuschätzen. Nacheinander zogen
alle Witterungserscheinungen über seinen Kopf hin, vom
Sonnenschein bis zum Sturm, von Düsterkeit bis zu strah-
lender Helle. Morgen- und Abenddämmerungen gab es
zu beobachten, die Verwandlungen des Mittags, die frühen Abende, die Nächte. Selbst in seiner Schwärze ruhte
der Himmel nicht. Wolken trieben durch die Dunkelheit,
der Mond hatte stets eine andere Gestalt, der Wind hörte
nicht auf zu wehen. Manchmal zeigte sich sogar ein Stern
in dem kleinen Fleckchen Himmel, das Quinn gehörte,
und während er hinaufsah, fragte er sich, ob er noch da
oben oder schon längst ausgebrannt war.

Die Tage kamen und gingen. Stillman erschien nicht. Zuletzt hatte Quinn kein Geld mehr. Schon seit einiger Zeit
hatte er sich auf diesen Augenblick vorbereitet, und gegen
Ende hatte er seine Mittel mit manischer Präzision zusam-

mengehalten. Er gab keinen Cent aus, ohne zuerst die Notwendigkeit dessen zu prüfen, was er zu brauchen glaubte, und ohne zuerst die Folgen und das Für und Wider abzuwägen. Doch auch die strengste Sparsamkeit konnte das Unvermeidliche nicht aufhalten.

Es war etwa Mitte August, als Quinn feststellte, daß er nicht mehr weitermachen konnte. Der Autor fand das Datum durch gründliche Nachforschungen bestätigt. Es ist jedoch möglich, daß dieser Augenblick schon Ende Juli oder erst Anfang September eintrat, da alle Untersuchungen dieser Art einen gewissen Spielraum für Irrtümer berücksichtigen müssen. Nach bestem Wissen, sorgfältiger Prüfung des Beweismaterials und Ausschaltung aller offensichtlichen Widersprüche verlegt der Autor jedoch die folgenden Ereignisse in den Monat August, etwa in die Zeit zwischen dem zwölften und dem fünfundzwanzigsten.

Quinn besaß nun so gut wie nichts mehr – einige Münzen, die keinen ganzen Dollar mehr ausmachten. Er war sicher, daß in seiner Abwesenheit Geld für ihn eingetroffen war. Er mußte nur die Schecks aus dem Schließfach im Postamt holen, zur Bank gehen und sie einlösen. Wenn alles gutging, konnte er binnen weniger Stunden wieder in der 69th Street sein. Wir werden nie erfahren, was für Qualen es ihn kostete, seinen Platz zu verlassen.

Er hatte nicht genug Geld, um den Bus zu nehmen. Zum erstenmal seit vielen Wochen ging er eine längere Strecke. Es war seltsam, wieder auf den Beinen zu sein, sich stetig von einem Ort zum anderen zu bewegen, die Arme zu schwingen, das Pflaster unter den Schuhsohlen zu spüren. Und doch ging er die 69th Street entlang nach Westen, bog in der Madison Avenue nach rechts ab und setzte seinen Weg nach Norden fort. Seine Beine waren schwach, und er hatte ein Gefühl, als wäre sein Kopf aus Luft. Immer wieder musste er stehenbleiben, um Atem zu schöpfen, und einmal mußte er sich, dem Zusammenbrechen nahe, an einem Laternenpfahl festhalten. Er entdeckte, daß er leichter vorankam, wenn er die Füße so wenig wie möglich hob und mit langsamen, gleitenden Schritten dahinschlurfte. Auf diese Weise konnte er Kräfte sparen für die Straßenecken, wo er vor und nach jedem Schritt vom Rand des Gehsteigs hinunter und dann wieder auf den Gehsteig hinauf sorgfältig auf sein Gleichgewicht achten mußte.

In der 84th Street blieb er kurz vor einem Laden stehen. An der Fassade war ein Spiegel angebracht, und zum erstenmal seit dem Beginn seiner Wache sah sich Quinn. Nicht, daß er Angst davor gehabt hätte, seinem eigenen Bild gegenüberzutreten. Er hatte einfach nicht daran gedacht. Er war zu sehr mit seiner Aufgabe beschäftigt gewesen, um an sich selbst zu denken, und die Frage seines Aussehens hatte gewissermaßen aufgehört zu existieren. Als er sich nun im Spiegel des Ladens sah, war er weder schockiert noch enttäuscht. Er fühlte gar nichts, denn in Wirklichkeit erkannte er sich in der Person, die er sah, nicht wieder. Er glaubte, einen Fremden im Spiegel zu erblicken, und in diesem ersten Augenblick drehte er sich rasch um. Er wollte sehen, wer der Fremde war, aber es befand sich niemand in seiner Nähe. Er wandte sich wieder dem Spiegel zu, um das Bild genauer zu prüfen. Zug um Zug studierte er das Gesicht, das er vor sich sah, und allmählich bemerkte er, daß diese Person eine gewisse Ähnlichkeit mit dem Mann aufwies, den er immer für sich selbst gehalten hatte. Ja, es war mehr als wahrscheinlich, daß dies Quinn war. Aber auch jetzt war er noch nicht bestürzt. Die Verwandlung seines Aussehens war so drastisch, daß er unwillkürlich fasziniert war. Er war zu einem Penner geworden. Seine Kleidung war verschossen, zerknittert, vor Schmutz verkommen. Sein Gesicht war von einem dichten schwarzen Bart mit kleinen grauen Flecken bedeckt. Sein Haar war lang und verfilzt, hinter den Ohren zu kleinen Büscheln verflochten, und es hing ihm in Locken beinahe bis auf die Schultern hinunter. Er fühlte sich an Robinson Crusoe erinnert und wunderte sich darüber, wie schnell diese Veränderungen eingetreten waren. Es hatte nicht mehr als einige Monate gedauert, und in dieser Zeit war er ein anderer Mensch geworden. Er versuchte, sich an den zu erinnern, der er zuvor gewesen war, aber es fiel ihm schwer. Er sah diesen neuen Quinn an und zuckte die Schultern. Es war nicht wirklich von Bedeutung. Er war früher das eine gewesen, und nun war er etwas anderes. Das war weder besser noch schlechter. Es war anders, weiter nichts.

Er ging noch einige Blocks weiter stadtauswärts, dann wandte er sich nach links, überquerte die Fifth Avenue und ging an der Mauer des Central Park entlang. Bei der 96th Street betrat er den Park und stellte fest, daß er froh über das Gras und die Bäume war. Der Spätsommer hatte das Grün schon sehr erschöpft, und da und dort blickte der Erdboden in braunen, staubigen Flecken durch. Aber die Bäume über ihm waren noch voller Laub, und überall war ein Funkeln von Licht und Schatten zu sehen, das Quinn übernatürlich und schön fand. Es war spät am Vormittag, und bis zur drückenden Hitze des Nachmittags sollten noch einige Stunden vergehen. Auf halbem Weg durch den Park überkam Quinn der Drang, sich auszuruhen. Hier gab es keine Straßen, keine Häuserblocks, die die Stadien seiner Fortbewegung kennzeichneten, und plötzlich schien ihm, daß er schon Stunden unterwegs war. Er hatte das Gefühl, daß er noch ein oder zwei Tage mühsam wandern müßte, um die andere Seite des Parks zu erreichen. Einige Minuten ging er noch weiter, aber zuletzt wollten ihn seine Beine nicht mehr tragen. Eine Eiche stand in seiner Nähe, und Quinn ging auf sie zu, taumelnd wie ein Betrunkener, der nach einer durchzechten Nacht nach seinem Bett tastet. Er streckte sich auf dem grasbedeckten Hügel auf

der Nordseite des Baumes aus, schob sich sein rotes Notizbuch unter den Kopf und schlief ein. Es war der erste un-
unterbrochene Schlaf seit Monaten, und er wachte erst auf,
als es wieder Morgen war.

Seine Uhr sagte ihm, daß es halb zehn war, und er
mochte nicht an die Zeit denken, die er verloren hatte. Er
stand auf und begann, nach Westen zu trotten, erstaunt
darüber, daß seine Kräfte zurückgekehrt waren, aber wü-
tend auf sich selbst wegen der Stunden, die er vergeudet
hatte. Er war untröstlich. Gleich, was er nun tat, er hatte
das Gefühl, daß er in jedem Fall zu spät kommen würde.
Er konnte hundert Jahre lang laufen und würde doch erst
ankommen, wenn die Türen schon geschlossen wurden.

Er verließ den Park bei der 96th Street und ging weiter
nach Westen. An der Ecke der Columbus Avenue sah er eine Telefonzelle, die ihn plötzlich an Auster und den Scheck
über 500 Dollar erinnerte. Vielleicht konnte er Zeit sparen, wenn er sich jetzt das Geld geben ließ. Er konnte direkt zu Auster gehen, das Geld einstecken und sich den
Weg zum Postamt und zur Bank ersparen. Aber ob Auster das Geld in bar bei sich hatte? Wenn nicht, konnten sie
sich vielleicht in Austers Bank treffen.

Quinn betrat die Zelle, kramte in seiner Tasche und
holte hervor, was ihm noch geblieben war: zwei Zehn-
centstücke, ein Vierteldollar und acht Cents. Er rief die
Auskunft an, um die Nummer zu erfahren, bekam sein
Zehncentstück im Rückgabefach zurück, steckte es wieder in den Schlitz und wählte. Auster hob nach dem dritten Läuten ab.

»Hier spricht Quinn.«

Er hörte ein Stöhnen am anderen Ende. »Wo, zum Teufel, haben Sie sich verkrochen?« Austers Stimme klang ge-
reizt. »Ich habe Sie tausendmal angerufen.«

»Ich war beschäftigt. Mit dem Fall.«

»Mit was für einem Fall?«

»Mit dem Fall, dem Fall Stillman. Erinnern Sie sich noch?«

»Natürlich erinnere ich mich.«

»Deshalb rufe ich an. Ich möchte jetzt vorbeikommen und mir das Geld abholen. Die fünfhundert Dollar.«

»Was für Geld?«

»Den Scheck, erinnern Sie sich? Den Scheck, den ich Ihnen gab und der auf Paul Auster ausgestellt war.«

»Natürlich erinnere ich mich. Aber es gibt kein Geld. Deshalb habe ich Sie ja dauernd angerufen.«

»Sie hatten kein Recht, es auszugeben«, rief Quinn, plötzlich außer sich. »Dieses Geld gehörte mir.«

»Ich habe es nicht ausgegeben. Der Scheck ist geplatzt.«

»Ich glaube Ihnen nicht.«

»Sie können zu mir kommen und den Brief der Bank sehen, wenn Sie wollen. Er liegt hier auf meinem Schreibtisch. Der Scheck war faul.«

»Das ist absurd.«

»Ja, das ist es. Aber das spielt doch nun keine Rolle mehr, oder?«

»Natürlich spielt es eine Rolle. Ich brauche das Geld, um mit dem Fall weiterzumachen.«

»Aber es gibt keinen Fall mehr. Es ist alles vorbei.«

»Was meinen Sie?«

»Das, was Sie meinen. Der Fall Stillman.«

»Aber was soll das bedeuten: Es ist vorbei? Ich arbeite noch daran.«

»Das kann ich nicht glauben.«

»Hören Sie auf, so verdammt geheimnisvoll zu tun. Ich habe nicht die geringste Ahnung, wovon Sie reden.«

»Ich kann nicht glauben, daß Sie es nicht wissen. Wo, zum Teufel, waren Sie denn? Lesen Sie keine Zeitungen?«

»Zeitungen? Verflucht, so sagen Sie schon, was Sie meinen. Ich habe wahrhaftig keine Zeit, Zeitungen zu lesen.«

Stille am anderen Ende, und einen Augenblick hatte Quinn das Gefühl, daß das Gespräch beendet war, daß er irgendwie eingeschlafen und eben mit dem Hörer in der Hand wieder aufgewacht war.

»Stillman ist von der Brooklyn-Brücke gesprungen«, sagte Auster. »Er hat vor zweieinhalb Monaten Selbstmord verübt.«

»Sie lügen.«

»Es stand in allen Zeitungen. Sie können es nachprüfen.«

Quinn sagte nichts.

»Es war Ihr Stillman«, sprach Auster weiter. »Der Stillman, der Professor an der Columbia University gewesen war. Es hieß, er starb mitten in der Luft, bevor er noch auf dem Wasser aufschlug.«

»Und Peter? Was ist mit Peter?«

»Ich habe keine Ahnung.«

»Weiß es irgend jemand?«

»Kann ich nicht sagen. Das müssen Sie selbst herausbekommen.«

»Ja, das muß ich wohl«, sagte Quinn.

Dann hängte er ein, ohne sich von Auster zu verabschieden. Er nahm das andere Zehncentstück und rief damit Virginia Stillman an. Die Nummer wußte er noch auswendig.

Eine mechanische Stimme wiederholte sie und sagte, daß es unter dieser Nummer keinen Anschluss mehr gab. Dann wiederholte die Stimme die Mitteilung, und danach brach die Verbindung ab.

Quinn konnte nicht mit Sicherheit sagen, wie ihm zumute war. In diesen ersten Augenblicken war es, als fühlte er nichts, als würde das Ganze letzten Endes nichts ausmachen. Er beschloß, später darüber nachzudenken. Später habe ich noch genug Zeit dafür, dachte er. Für den Augenblick schien es das einzig Wichtige zu sein, nach Hause zu gehen. Er wollte in seine Wohnung zurückkehren, sich ausziehen und ein heißes Bad nehmen. Dann wollte er sich die neuen Magazine ansehen, ein paar Platten auflegen, ein wenig aufräumen. Und dann würde er vielleicht beginnen, darüber nachzudenken.

Er ging in die 107th Street zurück. Die Hausschlüssel hatte er noch in der Tasche, und als er die Haustür aufsperrte und die drei Treppen zu seiner Wohnung hinaufging, fühlte er sich beinahe glücklich. Aber dann trat er in die Wohnung, und das war das Ende.

Alles hatte sich verändert. Er schien sich an einem völlig anderen Ort zu befinden, und Quinn dachte, er müsse aus Versehen die falsche Wohnung betreten haben. Er ging noch einmal ins Treppenhaus hinaus und sah nach der Nummer an der Tür. Nein, er hatte sich nicht geirrt. Es war seine Wohnung, und mit seinem Schlüssel hatte er die Tür geöffnet. Er ging wieder hinein und versuchte, sich über die Lage klarzuwerden. Die Möbel waren umgestellt worden. Wo ein Sofa gestanden hatte, war jetzt ein Tisch. An den Wänden hingen neue Bilder, auf dem Boden lag ein neuer Teppich. Und sein Schreibtisch? Er suchte ihn, fand ihn aber nicht. Er betrachtete die Möbel genauer und sah, daß es gar nicht die seinen waren. Alles, was sich in der Wohnung befunden hatte, als er das letzte Mal dagewesen war, hatte man ausgeräumt. Sein Schreibtisch war fort, seine Bücher waren fort, die Kinderzeichnungen seines toten Sohnes waren fort. Er ging vom Wohnzimmer ins Schlafzimmer. Sein Bett war fort, seine Kommode war fort. Er öffnete die oberste Schublade der Kommode, die jetzt da stand. Damenunterwäsche lag darin in unordentlichen Haufen, Büstenhalter und Slips. Die nächste Schublade enthielt Damenpullover. Weiter ging Quinn nicht. Auf einem Tisch neben dem Bett stand die gerahmte Fotografie eines blonden jungen Mannes mit einem bulligen Gesicht. Ein anderes Foto zeigte denselben jungen Mann, der lächelnd im Schnee stand und den Arm um ein fade aussehendes Mädchen legte. Auch sie lächelte. Hinter ihnen sah man einen Skihang, einen Mann mit einem Paar Skiern über der Schulter und den blauen Winterhimmel.

Quinn ging ins Wohnzimmer zurück und setzte sich in einen Sessel. Er sah eine halb gerauchte Zigarette mit Lippenstift daran in einem Aschenbecher. Er zündete sie an und rauchte sie. Dann ging er in die Küche, öffnete den Kühlschrank und fand etwas Orangensaft und Brot. Er trank den Saft, aß drei Schnitten Brot und kehrte ins Wohnzimmer zurück, wo er sich wieder in den Sessel setzte. Eine Viertelstunde später hörte er Schritte die Treppe heraufkommen und ein Klirren von Schlüsseln vor der Tür, dann trat das Mädchen vom Foto in die Wohnung. Sie trug eine weiße Schwesterntracht und hielt einen braunen Einkaufssack in den Armen. Als sie Quinn sah, ließ sie den Sack fallen und schrie. Oder sie schrie zuerst und ließ dann den Sack fallen. Quinn konnte nicht sagen, wie es war. Der Papiersack platzte, als er auf dem Boden aufschlug, und Milch plätscherte in einem weißen Rinnsal auf den Teppichrand zu.

Quinn stand auf, hob beschwichtigend die Hand und sagte, sie solle unbesorgt sein, er werde ihr nichts tun. Er wolle nur wissen, warum sie in seiner Wohnung wohne. Er nahm den Schlüssel aus der Tasche und hielt ihn in die Höhe, wie um seine guten Absichten zu beweisen. Er brauchte eine Weile, um sie zu überzeugen, aber schließlich beruhigte sie sich.

Das bedeutete aber nicht, daß sie ihm traute oder weniger Angst hatte. Sie blieb neben der offenen Tür stehen, bereit, beim ersten Anzeichen von Gefahr hinauszustürzen. Quinn blieb auf Distanz, er wollte die Lage nicht noch verschlimmern. Sein Mund redete weiter und erklärte immer und immer wieder, daß sie in seiner Wohnung lebte. Sie glaubte ihm offensichtlich kein Wort, hörte aber zu, um ihn nicht zu reizen, und hoffte zweifellos, daß er sich bis zur Erschöpfung aussprechen und dann gehen werde.

»Ich wohne jetzt seit einem Monat hier«, sagte sie. »Das ist meine Wohnung. Ich habe einen Mietvertrag für ein Jahr unterschrieben.«

»Und warum habe ich dann den Schlüssel?« fragte Quinn zum siebenten- oder achtenmal. »Überzeugt Sie das nicht?«

»Sie können auf hunderterlei Arten zu dem Schlüssel gekommen sein.«

»Hat man Ihnen nicht gesagt, daß hier jemand wohnt, als Sie die Wohnung mieteten?«

»Sie sagten, ein Schriftsteller. Aber er ist verschwunden, er hatte seit Monaten seine Miete nicht gezahlt.«

»Das bin ich!« rief Quinn. »Ich bin der Schriftsteller.«

Das Mädchen musterte ihn kalt und lachte. »Schriftsteller? Das ist das Komischste, was ich je gehört habe. Sehen Sie sich doch an. Soviel Schmutz habe ich in meinem Leben noch nicht gesehen.«

»Ich hatte in letzter Zeit Schwierigkeiten«, murmelte Quinn als Erklärung. »Aber das geht vorüber.«

»Der Hauswirt sagte mir, er sei ohnehin froh gewesen, Sie loszuwerden. Er mag keine Mieter, die keine Arbeit haben. Sie verbrauchen zu viel Heizung und machen die Einrichtung kaputt.«

»Wissen Sie, was mit meinen Sachen geschehen ist?«

»Was für Sachen?«

»Meine Bücher, meine Möbel, meine Papiere.«

»Ich habe keine Ahnung. Sie haben wahrscheinlich verkauft, was sie konnten, und das übrige weggeworfen. Als ich einzog, war alles schon weg.«

Quinn stieß einen tiefen Seufzer aus. Er war am Ende seiner selbst. Er fühlte es jetzt, so als wäre ihm endlich eine große Wahrheit aufgedämmert. Es war ihm nichts geblieben.

»Ist Ihnen klar, was das bedeutet?« fragte er.

»Offen gesagt, es ist mir egal«, antwortete das Mädchen. »Das ist Ihr Problem, nicht meines. Ich möchte nur, daß Sie gehen. Sofort. Das ist meine Wohnung, und ich will Sie nicht mehr sehen. Wenn Sie nicht gehen, rufe ich die Polizei und lasse Sie verhaften.«

Es hatte keinen Zweck mehr. Er konnte den Rest des Tages da stehen und mit dem Mädchen streiten, und er würde seine Wohnung doch nicht zurückbekommen. Sie war fort, er war fort, alles war fort. Er stammelte etwas Unhörbares, entschuldigte sich dafür, daß er ihre Zeit in Anspruch genommen hatte, und ging an ihr vorbei durch die Tür.

13

Da ihm nun schon gleichgültig war, was geschah, wunderte sich Quinn nicht darüber, daß sich die Haustür in der 69th Street ohne Schlüssel öffnen ließ. Es überraschte ihn auch nicht, daß die Tür der Stillman-Wohnung ebenfalls offen war, als er im neunten Stock den Korridor hinunterging. Und am wenigsten wunderte es ihn, daß die Wohnung leer war. Sie war vollkommen ausgeräumt worden, und in den Zimmern befand sich nichts mehr. Jedes sah genauso aus wie die anderen: ein hölzerner Fußboden und vier weiße Wände. Das machte auf Quinn keinen besonderen Eindruck. Er war erschöpft und das einzige, woran er denken konnte, war, die Augen zu schließen.

Er ging in eines der Zimmer im hinteren Teil der Wohnung. Es war ein kleiner Raum, der nicht mehr als zweieinhalb mal anderthalb Meter maß. Er hatte ein Fenster mit einem Drahtgitter, durch das man den Luftschacht sah, und schien von allen Räumen der dunkelste zu sein. In diesem Zimmer befand sich eine zweite Tür, die in eine fensterlose Nische mit einer Toilette und einem Waschbecken führte. Quinn legte das rote Notizbuch auf den Boden, zog den Kugelschreiber des Taubstummen aus der Tasche und warf ihn auf das Notizbuch. Dann nahm er seine Uhr ab und steckte sie in die Tasche. Danach zog er sich ganz aus, öffnete das Fenster und warf nacheinander alles in den Luftschacht, zuerst den rechten Schuh, dann den linken Schuh, die eine Socke und die andere Socke, sein Hemd, seinen Sakko, seine Unterhose, seine Hose. Er sah ihnen nicht nach, wie sie fielen, und prüfte auch nicht nach, wo sie landeten. Dann schloß er das Fenster, legte sich mitten auf den Boden und schlief ein.

Es war dunkel im Raum, als er aufwachte. Quinn konnte nicht wissen, wieviel Zeit vergangen – ob es die Nacht dieses Tages oder die Nacht des nächsten war. Es bestand sogar die Möglichkeit, dachte er, daß es gar nicht Nacht war. Vielleicht war es nur im Raum dunkel, und draußen vor dem Fenster schien die Sonne. Einige Augenblicke dachte er daran, aufzustehen und an das Fenster zu gehen, um nachzusehen, aber dann entschied er, daß es gleichgültig war. Wenn es jetzt nicht Nacht ist, dachte er, wird die Nacht eben später kommen. Das war gewiß, und ob er aus dem Fenster sah oder nicht, die Antwort würde dieselbe sein. Außerdem: Wenn es wirklich hier in New York Nacht war, schien die Sonne gewiß anderswo. In China zum Beispiel war es zweifellos mitten am Nachmittag, und die Reisbauern wischten sich den Schweiß von der Stirn. Nacht und Tag waren nur relative Begriffe, sie bezogen sich nicht auf einen absoluten Zustand. In jedem gegebenen Augenblick war es immer beides. Wir wußten es nur aus dem einen Grunde nicht, da wir nicht gleichzeitig an zwei Orten sein konnten.

Quinn dachte auch daran, aufzustehen und in ein anderes Zimmer zu gehen, aber dann wurde ihm bewußt, daß er ganz glücklich war, wo er sich befand. Es war bequem hier an diesem Ort, den er sich ausgesucht hatte, und er fand, daß es schön war, so auf dem Rücken zu liegen und mit offenen Augen zur Decke hinaufzuschauen – oder zu dem, was die Decke gewesen wäre, wenn er sie hätte sehen können. Nur eines fehlte ihm, und das war der Himmel. Er erkannte, daß er ihn über sich vermißte, nachdem er so viele Tage und Nächte im Freien verbracht hatte. Aber jetzt war er drinnen, und gleich welches Zimmer er sich aussuchte, um darin zu campieren, der Himmel würde verborgen bleiben, unzugänglich selbst an der fernsten Sichtgrenze.

Er gedachte dort zu bleiben, bis er nicht mehr konnte. Er hatte Wasser aus dem Hahn des Waschbeckens, um seinen Durst zu löschen, und damit würde er etwas Zeit gewinnen. Schließlich würde er hungrig werden und essen müssen. Aber er hatte so lange daran gearbeitet, so wenig zu brauchen, und er wußte, daß dieser Augenblick erst in einigen Tagen kommen würde. Er beschloß, nicht daran zu denken, bis er dazu gezwungen war. Es hatte keinen Sinn, sich Sorgen zu machen, dachte er. Es hatte keinen Sinn, sich mit Dingen zu beschäftigen, die ohne Belang waren.

Er versuchte an das Leben zu denken, das er gelebt hatte, bevor die Geschichte begann. Das bereitete ihm viele Schwierigkeiten, denn es schien ihm nun so fern zu sein. Er erinnerte sich an die Bücher, die er unter dem Namen William Wilson geschrieben hatte. Es war seltsam, dachte er, daß er das getan hatte, und er fragte sich nun, warum. In seinem Innern erkannte er, daß Max Work tot war. Er war irgendwo auf dem Weg zu seinem nächsten Fall gestorben, und Quinn konnte sich nicht dazu bringen, Bedauern zu empfinden. Alles schien nun ganz unwichtig zu sein. Er dachte an seinen Schreibtisch und die Tausende von Wörtern, die er dort geschrieben hatte. Er dachte an den Mann, der sein Agent gewesen war, und stellte fest, daß ihm sein Name nicht mehr einfiel. So viele Dinge verschwanden nun, und es war schwer, sie festzuhalten. Quinn versuchte, sich die Aufstellung der Mets ins Gedächtnis zurückzurufen, aber seine Gedanken schweiften ab. Der Centerfielder, soviel wußte er noch, war Mookie Wilson, ein vielversprechender junger Spieler, der in Wirklichkeit William Wilson hieß. Das war gewiss interessant. Quinn verfolgte den Gedanken einige Augenblicke lang, aber dann gab er ihn auf. Die beiden William Wilsons löschten sich gegenseitig aus, und das war alles. Quinn winkte ihnen im Geiste Lebewohl. Die Mets würden wieder auf dem letzten Platz landen, und wem würde das schon etwas ausmachen.

Als er das nächste Mal aufwachte, schien die Sonne ins Zimmer. Neben ihm auf dem Boden stand ein Tablett mit Speisen, die Schüsseln dampften von einem Rindsbraten mit Beilagen. Quinn nahm es ohne Auflehnung zur Kenntnis. Er war weder überrascht noch verwirrt. Ja, sagte er sich, es ist durchaus möglich, daß man ein Essen für mich da gelassen hat. Er war nicht neugierig, wie oder warum das geschehen war. Es kam ihm nicht einmal in den Sinn, das Zimmer zu verlassen und in der übrigen Wohnung nach einer Antwort zu suchen. Er betrachtete vielmehr das Essen auf dem Tablett genauer und sah, daß es neben zwei großen Schnitten gebratenen Rindfleischs noch sieben kleine geröstete Kartoffeln, einen Teller Spargel, ein frisches Brötchen, Salat, eine Karaffe mit Rotwein und als Nachspeise einige Stück Käse und eine Birne gab. Eine weiße Serviette lag dabei, und das Tafelsilber war von feinster Qualität. Quinn aß die Speisen – oder jedenfalls die Hälfte davon, denn mehr konnte er nicht bewältigen.

Nach der Mahlzeit begann er in seinem roten Notizbuch zu schreiben. Er schrieb, bis die Dunkelheit in den Raum zurückkehrte. In der Mitte der Decke war eine kleine Lampe angebracht, und ein Schalter befand sich neben der Tür, aber der Gedanke, sich ihrer zu bedienen, mißfiel Quinn. Kurz darauf schlief er wieder ein. Als er aufwachte, war das Zimmer voll Sonnenlicht, und auf dem Boden stand wieder ein Tablett mit Speisen. Er aß davon, soviel er konnte, und begann wieder im roten Notizbuch zu schreiben.

Zum größten Teil bestanden seine Eintragungen aus dieser Periode aus nebensächlichen Fragen zum Fall Stillman. Quinn fragte sich zum Beispiel, warum er sich nicht die Mühe gemacht hatte, die Zeitungsberichte über die Verhaftung Stillmans im Jahre 1969 zu lesen. Er untersuchte das Problem, ob die Mondlandung in demselben Jahr irgendwie mit dem, was geschehen war, in Zusammenhang stand. Er fragte sich, warum er Auster aufs Wort geglaubt hatte, daß Stillman tot ist. Er versuchte an Eier zu denken und schrieb Wendungen auf wie »ein Ei legen« oder »einander gleichen wie ein Ei dem anderen«. Er fragte sich, was hätte geschehen können, wenn er dem zweiten Stillman und nicht dem ersten gefolgt wäre. Er fragte sich, warum Christophorus, der Schutzpatron der Reisenden, 1969, gerade zur Zeit der Fahrt zum Mond, vom Papst aus der Liste der kanonischen Heiligen gestrichen wurde. Er durchdachte die Frage, warum Don Quijote nicht einfach Bücher wie die, die er liebte, geschrieben hatte, anstatt ihre Abenteuer zu erleben. Er fragte sich, warum er die gleichen Initialen hatte wie Don Quijote. Er überlegte, ob das Mädchen, das in seine Wohnung eingezogen war, nicht vielleicht dasselbe war, das er in der Grand Central Station bei der Lektüre seines Buches angetroffen hatte. Er hätte gern gewußt, ob Virginia Stillman einen anderen Detektiv engagiert hatte, nachdem er nicht mehr mit ihr in Verbindung getreten war. Er fragte sich, warum er Auster geglaubt hatte, daß der Scheck geplatzt war. Er dachte an Peter Stillman und fragte sich, ob er je in dem Zimmer geschlafen hatte, in dem er sich nun befand. Er fragte sich, ob der Fall wirklich abgeschlossen war oder ob er nicht irgendwie noch daran arbeitete. Er fragte sich, wie die Karte aller Schritte, die er in seinem Leben getan hatte, aussehen mochte und was für ein Wort man auf ihr lesen könnte.

Wenn es dunkel war, schlief Quinn, und wenn es hell war, aß er und schrieb in dem roten Notizbuch. Er konnte nie mit Sicherheit sagen, wieviel Zeit jeweils dazwischen vergangen war, denn er beschäftigte sich nicht damit, die Tage oder Stunden zu zählen. Es schien ihm jedoch, daß allmählich die Dunkelheit über das Licht die Oberhand gewann, daß, während anfangs der Sonnenschein vorgeherrscht hatte, nun das Licht immer schwächer und vergänglicher geworden war. Zuerst schrieb er das dem Wechsel der Jahreszeit zu. Die Tagundnachtgleiche war sicherlich schon vorüber, und es ging vielleicht auf die Wintersonnenwende zu. Aber auch nachdem der Winter gekommen war und sich der Prozeß theoretisch hätte umkehren müssen, beobachtete Quinn, daß die Perioden der Dunkelheit immer länger wurden als die Perioden des Lichts. Es schien ihm, daß er immer weniger Zeit hatte, seine Mahlzeit einzunehmen und in seinem roten Notizbuch zu schreiben. Zuletzt hatte er den Eindruck, daß diese Perioden auf Minuten reduziert worden waren. Einmal zum Beispiel hatte er gegessen und stellte fest, daß er gerade noch genug Zeit hatte, um drei Sätze in sein rotes Notizbuch zu schreiben. Als es das nächste Mal hell war, konnte er nur noch zwei Sätze schreiben. Er begann, seine Mahlzeiten zu überspringen und sich ganz dem roten Notizbuch zu widmen, und er aß nur noch, wenn er das Gefühl hatte, daß er den Hunger nicht mehr ertragen konnte. Aber die Zeit wurde immer kürzer, und bald konnte er nur noch ein oder zwei Bissen essen, bevor die Dunkelheit zurückkehrte. Er dachte nicht daran, das elektrische Licht einzuschalten, denn er hatte längst vergessen, daß es da war.

Diese Periode der zunehmenden Dunkelheit fiel mit dem Knappwerden der Seiten im roten Notizbuch zusammen. Allmählich näherte sich Quinn dem Ende. In einem gewissen Augenblick wurde ihm klar: Je mehr er schrieb, desto früher mußte die Zeit kommen, in der er gar nicht mehr schreiben konnte. Er begann seine Worte mit großer Sorgfalt abzuwägen und rang darum, sich so sparsam und klar wie möglich auszudrücken. Er bedauerte, im ersten Teil des roten Notizbuchs so viele Seiten vergeudet zu haben, und es tat ihm leid, daß er überhaupt über den Fall Stillman geschrieben hatte. Denn der

Fall lag nun weit hinter ihm, und er dachte nicht mehr an ihn. Er war eine Brücke zu einem anderen Ort in seinem Leben gewesen, und nun, da er sie überschritten hatte, war ihre Bedeutung verlorengegangen. Quinn hatte kein Interesse mehr an sich selbst. Er schrieb über die Sterne, die Erde, seine Hoffnungen für die Menschheit. Er fühlte, daß seine Worte von ihm losgetrennt waren, daß sie nun ein Teil der weiten Welt geworden waren, so wirklich und spezifisch wie ein Stein oder ein See oder eine Blume. Mit ihm hatten sie nichts mehr zu tun. Er erinnerte sich an seine Geburt und wie er sanft aus dem Schoß seiner Mutter gezogen worden war. Er erinnerte sich an die endlose Güte der Welt und aller Menschen, die er je geliebt hatte. Nichts anderes zählte mehr als die Schönheit von alledem. Er hätte gern weiter darüber geschrieben, und es schmerzte ihn zu wissen, daß es nicht möglich sein werde. Er fragte sich, ob er es in sich hatte, ohne Kugelschreiber zu schreiben, ob er statt dessen lernen konnte zu sprechen, die Dunkelheit mit seiner Stimme zu füllen, die Worte in die Luft zu sprechen, in die Wände, in die Stadt hinaus, auch wenn das Licht nicht mehr zurückkehrte.

Der letzte Satz im roten Notizbuch lautet: »Was wird geschehen, wenn in dem roten Notizbuch keine Seiten mehr sind?«

Von hier an wird die Geschichte undurchsichtig. Die Information ist zu Ende, und die Ereignisse, die auf diesen letzten Satz folgten, wird man nie kennen. Es wäre töricht, auch nur raten zu wollen.

Ich kehrte im Februar von meiner Afrikareise zurück, wenige Stunden bevor ein Schneesturm New York heimsuchte. Ich rief an diesem Abend meinen Freund Auster an, und er bat mich eindringlich, ihn aufzusuchen, so rasch ich konnte. Es war etwas so Drängendes in seiner Stimme, daß ich es nicht wagte, mich zu weigern, obwohl ich erschöpft war.

In seiner Wohnung erklärte mir Auster das Wenige, was er über Quinn wußte, und dann beschrieb er den seltsamen Fall, in den er durch Zufall verwickelt worden war. Er lasse ihn nicht mehr los, sagte er, und er wolle meinen Rat hören, was er tun solle. Nachdem ich ihn zu Ende angehört hatte, ereiferte ich mich darüber, daß er Quinn mit solcher Gleichgültigkeit behandelt hatte. Ich machte ihm Vorwürfe, weil er an den Ereignissen nicht stärker teilgenommen hatte, weil er nichts unternommen hatte, um einem Mann zu helfen, der sich so offensichtlich in Schwierigkeiten befand.

Auster schien sich meine Worte zu Herzen zu nehmen, ja, er sagte, eben deshalb habe er mich zu sich gebeten. Er habe sich schuldig gefühlt und müsse sein Gewissen erleichtern. Er sagte, ich sei der einzige Mensch, dem er trauen könne.

Er hatte die letzten Monate damit verbracht, Quinn zu suchen, aber ohne Erfolg. Quinn lebte nicht mehr in seiner Wohnung, und alle Versuche, Virginia Stillman zu erreichen, waren fehlgeschlagen. Da schlug ich vor, die Stillman-Wohnung aufzusuchen. Irgendwie sagte mir mein Gefühl, daß Quinn zuletzt dort angelangt sein mußte.

Wir zogen unsere Mäntel an, gingen hinaus und nahmen ein Taxi zur East 69th Street. Der Schnee fiel seit einer Stunde, und die Straßen waren schon gefährlich glatt. Wir hatten keine Mühe, in das Gebäude zu kommen – wir schlüpften mit einem der Bewohner, der gerade heimkehrte, durch die Tür. Wir gingen hinauf und fanden die Tür zur früheren Stillman-Wohnung. Sie war unverschlossen. Wir traten vorsichtig ein und entdeckten eine Reihe kahler leerer Räume. In einem kleinen Zimmer ganz hinten, das makellos sauber war wie alle anderen, lag das rote Notizbuch auf dem Boden. Auster hob es auf, blätterte kurz darin und sagte, es sei Quinns. Dann gab er es mir und sagte, ich solle es behalten. Das Ganze habe ihn so sehr mitgenommen, daß er Angst davor habe, es selbst aufzubewahren. Ich sagte, ich wolle es verwahren, bis er bereit sei, es zu lesen, aber er schüttelte den Kopf und sagte, er wolle es nie wiedersehen. Dann verließen wir das Haus und gingen in den Schnee hinaus. Die Stadt war nun ganz weiß, und der Schnee fiel weiter, als wollte er nie mehr aufhören.

Was Quinn betrifft, ist es mir unmöglich zu sagen, wo er jetzt ist. Ich habe das rote Notizbuch so gründlich studiert, wie ich nur konnte, und alle Ungenauigkeiten dieser Geschichte müssen mir zum Vorwurf gemacht werden. Es gab Augenblicke, in denen der Text schwer zu entziffern war, aber ich habe mein Bestes getan und mich aller Deutungen enthalten. Das rote Notizbuch ist natürlich nur die halbe Geschichte, wie jeder empfindsame Leser verstehen wird. Was Auster angeht, bin ich überzeugt, daß er sich in der ganzen Sache schlecht benommen hat. Wenn unsere Freundschaft zu Ende ist, so ist er selber schuld. Was mich betrifft, so bleiben meine Gedanken bei Quinn. Er wird immer bei mir sein. Und wohin immer er verschwunden sein mag, ich wünsche ihm Glück.

Zu diesem Buch

Die deutsche Ausgabe von »Stadt aus Glas« erschien 1987 im Verlag Hoffmann und Campe, Hamburg, die amerikanische Ausgabe erschien 1985 unter dem Titel »City of Glass« im Verlag Sun & Moon Press, Los Angeles. »Schlagschatten« erschien 1986 unter dem Titel »Ghosts«, »Hinter verschlossenen Türen« erschien 1986 unter dem Titel« The Locked Room«, ebenfalls im Verlag Sun & Moon Press, Los Angeles